AF398404

Asesinato en París
ISBN: 978-84-1373-859-8

Editorial: BoD · Books on Demand,
Calle de Manzanares 4, 28005 Madrid, bod@bod.com.es
Impresión: Libri Plureos GmbH,
Friedensallee 273, 22763 Hamburg (Alemania)

Promethea Grupo Editorial
info@prometheaeditorial.com
www.prometheaeditorial.com

Asesinato en *París*

FSC
www.fsc.org
MIXTO
Papel procedente de
fuentes responsables
Paper from
responsible sources
FSC® C105338

Capítulo 1

El informe del fiscal

A medida que el fiscal iba desarrollando su informe al acusado se le venían a la mente imágenes de lo sucedido, junto a lugares en los que no había estado nunca y hechos de los que no había tenido noticia jamás. Un local lleno de gente, los efluvios del champán, gente de mil sitios diferentes, hombres elegantes y las mujeres mas bellas que había visto nunca vestidas de fiesta, como la Bellas aguas. Hilos de músicas diferentes y conversaciones superpuestas, gin—tónics con malos modales, camellos bajo una palmera, hombres y mujeres desconocidos que saludaban afables y otros que miraban de un modo extraño, cortes repentinos de luz, un piano delante de un kebab, gente lanzándose a los canapés como posesos, el harén de una jequesa, futbolistas famosos, baile frenético, una conga interminable, la isla del "Tabou" y su botellas con luces, pelmazos profesionales, un cansancio épico, vista nublada, mareos y dolor en cada milímetro de su cuerpo. El mayor cansancio de la vida y, de pronto, caminar rápido...

Antes, durante el interrogatorio del acusado:

—¿Conocía usted a la víctima?

—Sí, de vista.

—¿No es más cierto que su vehículo fue visto los días previos al de autos junto a su vivienda?

Es vecino del barrio.

—¿Quien le ordenó acabar con la vida de la víctima?

—Nadie. Señor juez. Y acabar, acabó él.

Después de superar la alta verja por la puerta lateral de la izquierda, subir las escalinatas y superar exhaustivos controles, atravesamos el Salón de los pasos perdidos donde un montón de gente aguardaba su turno al pie de las escaleras interiores hasta que por fin logramos acceder a la Sala, no sin antes apurar el último trago de nuestros botellines de agua para descartar que no fuese el líquido explosivo ese que llaman agua de Satán.

Salvo alguno con acreditada experiencia en juicios, la mayoría de asistentes a la vista, parecían atemorizados por el eco de su propia voz en la gran Sala del Palacio de Justicia de Paris, en la île de la Cité, justo al lado de la Sainte Chapelle, ante el armiño y las togas, el terciopelo rojo del Tribunal, la madera de los estrados, el bonito aunque gastado azul de la alfombra, el babero blanco de los letrados y toda la fanfarria judicial que básicamente pretende eso, que la gente respete la autoridad del Estado y diga la verdad.

No digo yo que esté mal, aunque, particularmente esté acostumbrado a juicios televisados y salas más pequeñas, pero lo cierto es que al menos lo primero lo conseguía. Esta vez no se había utilizado la construcción tabiquada interior levantada en medio del Salón de los pasos perdidos por razones de seguridad para el juicio—rio de los hechos del Bataclán del 13 de noviembre de 2015. El nuestro se celebraba en la Gran Sala una vez subida la preciosa escalinata de mármol.

A la derecha, visto desde donde yo estaba sentado entre el público, Le Procureur de la Republique, como llaman al fiscal ellos, trató de centrar su interrogatorio en el momento de los hechos buscando contradicciones entre los asistentes a la multitudinaria fiesta, pero ninguno reconoció más que su condición de testigo lejano e indirecto.

La mayoría declaró haber visto a alguien caído en el suelo lo que, tras averiguar de quien se trataba, atribuyeron al alcohol. Todos, menos los que se fueron a casa sin enterarse siquiera del suceso. Alguno afirmó incluso haber visto a la víctima participar en altercados a lo largo de la noche. E incluso uno de los participantes, empujado y golpeado durante la reyerta, refirió el carácter provocador y camorrista de aquella mole de casi dos metros que a lo largo de la noche había alardeado de ser un hombre con amistades peligrosas.

Los cuatro de rue Madame, los organizadores de la fiesta omitieron, eso sí, que habían conocido a Oberón Dubois durante las fechas previas. Nadie manifestó compasión acerca de la víctima.

¡No había vivido algo así en los días de mi vida!, declaró Elisabetta Mascarella, una sanitaria de Salpêtriere. Fue una fiesta extraordinaria. ¡Alucinante! El sitio era precioso, buena música, champán francés, exquisitos "tentempiés", famosos, glamour, y un montón de celebrities, Julie Lescout e Ivette Le Cabessier, que me firmó un autógrafo, futbolistas de los blues con sus mujeres y el mejor pisco—sauer que he probado en mi vida. Lo pasé como nunca…pero si llego a saber la que se iba a montar allí dentro no hubiese ido ni loca.

Preguntada si había visto algo raro antes de los hechos, repondió:

Recuerdo perfectamente que me sacó a bailar un hombre raro de pocas palabras que en mitad del baile me dejó plantada en medio de la pista. Estaba más pendiente del resto que de mí. Vuelvo ahora, me dijo, y sacó a bailar a Cloe, una de las organizadoras. A ti te espero yo, pensé. Cuando volvió yo ya estaba con un monton de gente y lo mandé al carajo. Pero nos lo estábamos pasando de miedo!, se oyó en la Sala nítidamente.

El acusado se había reafirmado durante su interrogatorio en lo manifestado ante Comisaria y el juez de instrucción, con un momento intenso cuando el sombrío y tenebroso mâitre Vergemont, representante de la acusación particular, con sus gafas redondas de pasta y su mirada sombría, intentó aprovechar la debilidad del acusado sacándole de mentira verdad, lo que me recordó algunos interrogatorios muy desagradables en lugares remotos que más adelante se relatarán.

—¿Qué hacía usted aquella noche acechando en su coche la casa de la víctima?

—¿Acechar? No acechaba, simplemente vivimos en el mismo barrio.

— ¡Usted sí, el ya no!, elevó la voz Vergemont.

—¿O sea que con anterioridad, usted ya habia pensao matar a su vecino?

—En ese momento el acusado, sentado junto a su letrada, pegó un salto y tuvo que ser sujetado por ella, porque se iba derecho a devolver la insolencia de aquel tétrico personaje ante el revuelo de la Sala.

—¡Orden! gritó el Presidente del Tribunal. De lo contrario me veré obligado a desalojar la Sala.

El abogado de la acusación ejercida por la viuda de Oberón Dubois, Mâitre Vergemont, tenia entre su selecta clientela a las más salvajes e infrahumanas criaturas, terroristas, descuartizadores, violadores en serie y psicópatas sin la mínima empatía con sus semejantes, con las que compartía además de confidencias, incluso rasgos caracterológicos. Y lo hacía, al parecer, no sólo para ejercer su legítimo derecho a la defensa, ni sólo para negociar la posibilidad de redención, sino para confirmar la presencia del diablo en la tierra.

A la izquierda, la abogada de la defensa, mâitre Dumas, junto a la letrada de la Administración de justicia y el huissier, comenzó el resumen de pruebas a sabiendas de que no iba a poder terminar:

Con la venia de la Sala:

Tal y como hemos escuchado a lo largo del presente juicio, el hoy acusado abandonó la noche de autos el local en cuyo acondicionamiento había estado trabajando a destajo durante semanas. Y lo hizo vagabundeando por Paris en un estado de shock que le impedía recordar y comprender algo que allí dentro había sucedido. Como ha declarado, recuerda haber traspasado la puerta del local y en su camino sonámbulo y acelerado tomar la Rue Bonaparte y atravesar el Pont des arts. Al llegar al final, haber dado la vuelta sobre sí mismo y volver a cruzar en sentido contrario hacia la Academie Française.

Remontó, hemos oído, la orilla izquierda de la Seine a lo largo del Quai d'Orsay y recuerda haber cruzado el Puente Alejandro III sin saber en realidad adonde iba, ni cómo, ni por donde. Tan sólo veía sus zapatillas de deportes.

—¡Perdón Sra. letrada, un momento, interrumpió el Presidente del Tribunal!: Todo eso lo hemos oído en los interrogatorios y el resto consta en autos…
—La letrada no se rindió. Con la venia de la Sala. Se trata de extre-

mos sustanciales para la tutela efectiva de los derechos de mi representado. No puedo obviarlos, contraatacó, "so pena de indefensión".

El rostro solemne del Presidente del Tribunal mostró su contrariedad pero tras un pequeño silencio y de mala gana accedió: ¡Siga, Sr. letrada, siga….!

Decía, continuó maître Dumas, que el acusado, en su primera declaración ante la policía manifestó, cito literalmente: "Recuerdo luces y bocinas, cruces y coches que pretendían subirse a las aceras donde se movían arriba y abajo zapatos de tacón. Y haber escuchado ¡Pero qué haces fil de..p!, ¿tu es con? Estuvo incluso a punto de ser atropellado dos veces, añadió la letrada. "Noté que se me aflojaban las piernas justo antes de sentir un sudor frio, sin acertar a distinguir qué parte había sucedido en realidad, algo terrible quizás, y qué parte era la pesadilla de una noche de la que no podía despertar."

Lo que solia llevarle cuarenta minutos en metro aquella noche lo recorrió andando en menos de la mitad. Volvió a cruzar el Puente de Argenteuil. De nuevo, ha declarado mi cliente, una vez en cada sentido, —enfatizó la defensa—.

"De pronto se detuvo. Miró en derredor unos segundos, medio minuto quizás. Y en ese momento un fogonazo en su cerebro apagado trajo a su mente la imagen del Dr. Delanois, al que en alguna ocasión había llevado a casa. Tocó a ciegas los timbres de varios edificios en calles diferentes donde no contestaba nadie salvo para insultarle. Hasta que, a punto de irse, se oyó un interfono. Al abrir la puerta el Dr. Delanois apenas reconoció su rostro. Parecía un zombi".

Como ha recordado el doctor, tras su relato desorganizado "le hice pasar para que se lavara los restos de sangre que aún llevaba en la ropa. Hasta los zapatos estaban salpicados. Le dí una tila, un sedante y dispuse una habitación para que se tranquilizase y descansara en la consulta que, según me dijo, fue para él un refugio". "Se sintió a salvo, aunque ni él ni yo sabíamos todavía muy bien de qué. El cansancio, el alcohol, el shock, la caminata y sobre todo la pastilla, lograron que, a pesar de su enorme excitación, finalmente se quedará dormido."

A la mañana siguiente, domingo, el Dr. Delanois aún esperaba de su extraño huesped la explicación de toda aquella confusión y toda aquella sangre:

—"Habia un montón de peña, le dijo al doctor al despertarse mientras se restregaba los ojos y aquel le ofrecía un café: Gente famosa, muy chic, pero también gente muy extraña. Iba todo "genial", pero estábamos reventados. Una semana de curro "bestial". Tuvimos "jari" con alguno de aquellos "majaderos". Cuando me dí cuenta noté el aire de la calle y vi que mis pies, aún sin decirles nada, caminaban sin parar. Me di cuenta de que había sucedido algo gordo y que me había ido de allí sin recoger, ni cerrar, ni nada!".

Consta en autos, folio 36, concluyó la defensa, que el doctor Delanois llamó entonces a la Presidenta de la Asociación cultural Saint Germain de la que formaban parte los jóvenes y hacia las cuatro de la tarde del domingo, acudieron a la Policia para intentar aclarar lo sucedido.

En ese punto, el juicio fue suspendido.

Meses después, una fría mañana de Noviembre, volvimos al Palacio de Justicia. Se reanudaba el juicio. Volví a ver entre el público a alguno de los asistentes a la fiesta, entre ellos al Dr. Delanois, periodistas, estudiantes de derecho, asiduos a los tribunales y a los jóvenes de Rue Madame que ya habían declarado. Todos menos Jules que, dijeron sus amigos, tenia asamblea de partido.

Todos se sorprendieron de la frialdad con la que el fiscal relató los hechos. Aquello era un cuadro en blanco y negro que borraba las emociones de todos los colores vividas por aquellos jóvenes dispuestos a organizar una fiesta que iba a dar que hablar durante mucho tiempo. Y a fe que lo consiguieron.

Su exposición tenía la asepsia de una intervención quirúrgica, como un hecho que no tuviese antecedentes ni razones. El fiscal metió los datos en su informe como si fuera una máquina expendedora de bebidas y pulsando los números de los artículos de los Códigos aguardó a que la máquina escupiese la pena solicitada como un logaritmo neperiano, después de reportar los hechos de la inauguración del Tabou con la precisión del reloj del Quai d'Orsay:

"Eran las 23.35 horas del 21 de junio, cuando entró en el "Café Tabou", en el sêxieme arrôndisment, Oberón Dubois, su mujer Helene y un grupo de personas con evidentes signos de embriaguez.

Antes de alcanzar la barra tamboleándose, Oberón Dubois tropezó con unos y otros, cayendo encima de quienes ocupaban las mesas llenas de gente. En el camino a la barra, tuvo encontronazos con numerosos clientes y mantuvo acaloradas discusiones con algunos, incluso con su mujer Helene y fue sacado por sus conocidos varías veces del local para que le diera el aire.

Tras alcanzar de nuevo la barra pidió nuevas consumiciones y tuvo enfrentamientos con cuantos encontraba a su paso. Después se encaró con el camarero que le había servido, hoy acusado, que resultaba ser vecino de su barrio.

Mantuvieron acaloradas controversias recurrentes, la última de las cuales se prolongó durante al menos veinte minutos. Eran las 3:45 horas de la mañana cuando después de intecambiarse gruesas y no favorables palabras durante el último acalorado altercado, se hizo de pronto un silencio entre los dos. Pasados unos segundos, en medio del fragor y la música de la fiesta, sin que nadie reparara en ello, el acusado se fue a la cocina, agarró un cuchillo jamonero, salió al otro lado de la barra y se dirigió donde se hallaba Oberón Dubois asestándole una puñalada intercostal causándole la muerte".

El fiscal apreció la agravante de alevosía, al tratarse, dijo, de un ataque súbito y por sorpresa, prevaliéndose de que la víctima estaba de espaldas al agresor, por lo que calificó los hechos de asesinato.

Aunque aún faltaban los informes de la defensa y de la acusación particular, las palabras del Procureur de la Republique rebotaron en los techos de aquella enorme Sala y a su reverberación siguió un silencio oceánico roto segundos después por los murmullos del público asistente.

No era sencillo condensar las circunstancias que concurrieron en la muerte de Oberón Dubois. Pero para muchos de los que allí estabamos, a aquella petición de justicia le faltaba algo. El Procureur de la Republique, en su búsqueda de la necesaria pero desnuda concisión, se había llevado por delante la historia. Se había llevado el contexto. Como repitió la letrada de la defensa en varias ocasiones durante el juicio, el contexto no justifica una sóla muerte, pero a veces sirve para aclarar los hechos: "No hay justicia sin contexto", resonó en la bóveda de la Sala del Palacio de Justicia.

Capítulo 2

El Salón de actos de Rue Madame

Apenas dos semanas antes de la fiesta donde tendrían lugar los hechos objeto de enjuiciamiento y otros que se referirán más adelante, en el escenario del salón de actos de la Residencia de estudiantes de Rue Madame, Jules a la guitarra, Mäel al bajo y la voz mezzo de Cloe, ensayan delante de dos docenas de residentes para una actuación que no se produciría nunca.

Cloe Menier ama las ocho notas, va a menudo a los conciertos y ha disfrutado esta semana de un cuarteto extraordinario en la Ópera Garnier. Es la voz del grupo. Entre sus amigos hay gente de la música e incluso algunos intérpretes conocidos. Ama aquellas escaleras, el pasamanos, los candelabros, el brillo de los instrumentos y la coloratura de algunas voces. Y cuando acude las tardes de los sábados a los conciertos se imagina bajando aquellas escalinatas vestida de largo. La música, dice su abuela, ayuda a sobrellevar todo. Tambien las pandemias. La música te cambia, Cloe. Mientras la estas escuchando y después. Hazme caso Cloe. Véte a los conciertos.

Por eso, junto a los guisos para estudiantes de Rue Madame, enlazar una nota musical con otra era el arma secreta de Jules para desempedrar a Cloe, con diferente suerte según el dia, el repertorio y el menú. Allí no encontraría Martin la Boullabaise marsellesa ni Jules la marmita Dieppe de Rouan, pero no se comía mal en la Residencia, según Jules. Escaso a veces quizás. Lo cierto es que, según Thierry, nuestro hombre en la Residencia, algunos años mayor que ellos, el Comedor no olía mucho a comida. Si acaso a las hamburguesas con queso de los jueves. En cierto ocasión, durante una cena, bromeaba el de la DGSE, un residente casi se ahoga con una espina pero ni nosotros pudimos averiguar qué pescado pudo ser el causante.

—Te puedes creer que ayer nos pusieron boudin! dijo Rasul, el tunecino, que llevaba unos meses en la residencia. ¡Nada más!. Sola en mitad del plato! No se me olvidará! ¿Pasa muchas veces?

—No estuve ayer pero me la comería de buena gana, respondió Martin.

Martin tiene un semblante de risueña inteligencia y un tic de subir con el dedo sus gafas de pasta deslizándose por su nariz. Tiene una oreja enfrente de la otra, no forma parte del grupo musical y ha subido hace un momento las escaleras hacia a su habitación a buscar unos papeles, cruzándose en los estrechos pasillos con "profesores" como Thierry, nuestro colaborador de la DGSE, y estudiantes de diversas nacionalidades que suben y bajan alborozados y haciendo bromas.

Arriba, en su habitación, con la puerta entreabierta, le espera Rasul, un profesor tunecino de ciencia política invitado por la Sorbona durante un semestre, con el que ha trabado amistad en el comedor, con el que habla sobre las dificultades que están teniendo con una fiesta "bestial" que está preparando con unos colegas de la Residencia.

¿Y cómo pensáis financiar todo eso?

—Ya veremos!…

— "Si puedo ayudar en algo", dijo aparentemente solícito el tunecino.

— Aquella frase nos puso a todos en danza.

Abajo, en el Salón de actos, suena el teléfono que Jules no ha recordado poner en silencio, justo en el momento en que Cloe tiene que subir el tono al llegar el "knocking on the heaven's door". Pero Cloe se calla de pronto muy contrariada.

— ¡Siempre haces igual! ¡Déjalo en la habitación pesado!

En ese momento desde los pisos superiores se escucha un estruendo, como el principio de un terremoto…BBBRMMMMM-Mrrrruumm…y antes de que termine el estrépito se oye una voz en el salón, ¡¡Mon Dieu!!!

Un espantoso estruendo ha retumbado en todo el edificio. Para los que están arriba en las habitaciones parece el preludio de un cataclismo. Viene de abajo. Los estudiantes salen despavoridos por los pasillos.

Martin y Rasul sienten aquel estrépito como una conmoción en los cimientos y se precipitan escaleras abajo camino de la Salida, sin saber lo que sucede ni lo que seguirá a continuación. Las escaleras se colapsan. Ochenta alumnos. Pisotones y agarrones. Es un edificio antiguo. Mientras bajan se oyen gritos de pánico y exclamaciones de horror. Thierry, nuestro hombre en la Residencia, comprueba. No hay salida de emergencia.

—Tranquile, tranquile, c'est pas grave, grita Martin sin mucha convicción.

Abajo en el Salón de actos, Mäel y el resto de asistentes al ensayo se habían agachado paralizados y con cara de pánico. En cuanto pudo girarse en medio de aquella espesa polvareda, Thierry reportó: "Han partido los tubos metálicos de los andamios por mitad y se ha venido abajo el equipo de sonido. Los altavoces han salido despedidos de sus cajas y los cristales de los focos han roto en mil pedazos. Barras de aluminio, tuercas y tornillos han ido a parar como meteoritos al otro extremo del teatro. Hay una chica que se queja de un ojo y un joven alcanzado en una pierna. En el suelo hay decenas de cables entrelazados o cortados, la mesa de mezclas hecha mil pedazos, Cientos de cables conectores enredados en el suelo entre un montón de polvo en suspensión. Trozos de plástico negro convertidos en proyectiles esparcidos por el suelo. Una de las torres de los altavoces ha caído al lado de Cloe, agachada bajo el escenario. Ha tenido mucha suerte. No la alcanzó de milagro.

Los asistentes, una treintena larga de amigos y residentes entraron en pánico y salieron atropelladamente en estampida. Durante unos instantes todo el mundo pensó lo mismo. Gritos, saltos, empujones. Sólo unos pocos alumnos y algún profesor se asomaron al salón de actos, momento en el que aparecieron Martin Terrier y Rasul Cheriff, el tunecino, que venían de arriba. La recepcionista hizo sonar la alarma conectada con la policía.

Tras el griterío y la barahúnda, segundos de confusión, no más de treinta, hasta que alguien acertó a decir ¿Qué ha sido eso?

Después de la polvareda y el desconcierto, alguien dice que se han soltado los juntas y los anclajes. Según Thierry, los andamios se han hundido por el medio. Como Notre Dame en el incendio de abril de 2019 y Paris entero desde hace algún tiempo, las torres de luz y sonido del Salón de Actos se han venido abajo con los amplificadores. Los cristales de los focos esparcidos como metralla por todo el salón de actos y un amasijo de pintura desconchada ha ido a parar en medio del escenario. ¡No ha habido explosión. No ha habido explosión! repitió Thierry a través del micrófono que llevaba oculto. No parecía haber daños personales importantes. Aunque después de la tragedia del Bataclan el pánico estaba más que justificado.

La caja de un altavoz ha caído junto a Cloe, tumbada en el suelo protegiéndose la cabeza con las manos. Después del susto inicial ha mirado en derredor para ver si era seguro permanecer alli. Su seriedad sonriente se ha convertido en seriedad sin más. Pero según Thierry, de la DGSE francesa, alojado en la residencia como profesor invitado de la Sorbonne, que reportó lo sucedido, Cloe conservó una extraña serenidad durante el derrumbe, como si supiera que podía ocurrir algo.

 Horas después intervendríamos en su móvil una llamada de Akram, el compañero sirio de Jules, al que había visto en el hall de la residencia.

—¿Estás bien? Se acercaron a ella Martin y Mäel.

— Bien, estoy bien, respondió Cloe.

—¡Jái eu un peur bleu! Qué susto! dijo Mäel.

—No creo que mi voz haya provocado todo esto, bromeó Cloe, tratando de distender el angustioso momento. Y tenía razón. Según Thierry, —que tras la ayuda inicial adoptó un papel secundario,— tenía gusto cantando.

Sólo unos pocos permanecieron en el patio sin butacas del salón de actos de Rue Madame. Entre ellos Rasul Cheriff, con impecable traje mil rayas, la mayor parte de las cuales habían desaparecido con la polvareda. El mismo que había dedicado a Cloe antes de empezar el ensayo un chichisbeo seductor, tras el estrépito se había acercado a atenderla, limpiando de pequeños trozos de plástico su melena rubia.

— No ha sido nada, respondió Cloe, alertada pero no asustada.

—Esta torre no te ha enganchado de milagro.

—Tenía un pequeño rasguño en la frente, al que no dio la menor importancia.

En el momento del "derrumbe" habría en el salón, incluídos los músicos, según Thierry, unas treinta personas. Una vez comprobado que Cloe estaba bien, en medio de la confusión general, Rasul desapareció extrañamente apurado, según nos dijo, porque tenía que dar un curso de sicencespo en la Sorbonne. Sólo limpiar aquel estropicio iba a ser una tarea ardua. El equipo era esencial para la proyectada fiesta y costaba un dineral. El proyecto del Tabou se había venido abajo.

Entre los que aún permanecían en la Residencia estaba Akram, el compañero de Jules, un joven sirio, delgado, de buenos modales, que se había interesado por los heridos; y otro individuo alto, gordo y desagradable que, según la recepcionista, había estado enredando cerca de los equipos antes de empezar los conciertos y se habían negado a dejar sus datos a la entrada por el protocolo covid. Ese individuo no era otro que Oberón Dubois. Entre canción y canción aquel armario mal distribuído se había acercado al escenario y entre risostadas había aconsejado a Cloe no demasiado sutilmente dedicarse a otra cosa, lo que a Cloe dejó, aparentemente, indiferente.

—Mais c'est qui ce mec!
—¿Quien es éste imbécil?
—No sé. Anda detrás de Martin desde que supo lo de la fiesta, dijo alguien.

Tiempo después, en el Palacio de Justicia, durante los interrogatorios de los testigos del juicio, el abogado de la acusación, maître Vergemont, presionaría a Jules:

—"O sea, Sr. Cambord, que a diferencia de lo que usted declaró inicialmente, sí conocían ustedes a la víctima con anterioridad a la fiesta del Tabou…" refiriéndose al derrumbe del andamiocon el equipo de música sucedido en el salón de actos de Rue Madame.

—"Bueno…yo no…" dubitó Jules.

Y ante la respuesta evasiva de Jules el Presidente del Tribunal insistió:

—"¿Pero conocían al Sr. Dubois o no?"

—Con la venia Señoria, intervino la defensa. Los testigos han hecho sólo suposiciones sobre los asistentes en el momento del derrumbamiento. Nada más.

Las sesiones del juicio oral se prolongaron durante semanas por los numerosos testigos y, sin duda, también por el impacto que los famosos hechos de Bataclan de noviembre de 2015 tuvieron sobre las partes y sobre el propio Tribunal.

A pesar de que "ni los virginianos", ni los agentes de la DGSE estábamos en el juicio oficialmente" y de que sólo la defensa hizo vagas referencias al operativo, uno de nuestros hombres, Thierry, fue citado no como agente sino como testigo, pues estaba presente, tanto en el momento del derrumbe de Rue Madame, como en el momento en que mataron a Oberón Dubois.

Junto a su compañera Jaqueline, llevó a cabo labores de información y seguimientos, y el dia de la inauguración del Tabou se le ordenó permanecer en las proximidades del lugar en que cayó muerto Dubois y reportar todos los detalles del fatídico momento. Desde que comenzó la "Operación Anfleur", Thierry vivía en la Residencia y pasaba por ser un profesor en la Sorbonne. En las actuaciones judiciales no figuró en ningún momento mención alguna a su condición de agente de la DGSE, la inteligencia francesa del exterior.

Durante su interrogatorio, con aspecto y vestimenta siempre juvenil, desenfadado y la apostura de no ser su primera vez, Thierry dijo, respecto al derrumbamiento, que tras el estruendo, y antes de intentar auxiliar, le había dado tiempo a ver entrar en el salón a Martin Terrier y Rasul Cheriff, profesor "como él" en la Sorbonne.

Preguntado por la defensa si había visto a Oberón Dubois ese día en la Residencia Thierry afirmó sin dudar que aquel tipo había estado husmeando por allí mientras preparaban todo aquello para el concierto. "Me doy perfecta cuenta, dijo entonces, por el volumen". Se refería a sus medidas.

Sin embargo, el Tribunal no parecía considerar relevantes el derrumbe del equipo de luces y sonido acaecidos en el salón de actos de Rue Madame. De hecho inadmitió las preguntas de la defensa sobre el probable sabotaje y la evidente intención de sus autores, según la defensa, de avocar a los jóvenes a recurrir a los responsables del mismo, para lograr una mayor financiación que la de sus exiguos patrocinios. Oberón Dubois había ofrecido tambien, a Jules exclusivamente, una comisión no desdeñable.

En ese momento sonó un móvil. Era "Nadie" otra vez. Se oía el silencio al otro lado. Alguien trataba de decirle algo a Martin sin palabras. A pesar del gusto de Cloe, la voz cantante de la fiesta la llevaba el marsellés, que tenía un oido enfrente del otro. Hijo de padres separados no muy amistosamente, Martin se había venido a Paris para escapar de todo aquello. Cuando aquello, aún viviendo en la luminosa Marsella, veia su vida a través de una pantalla oscura. Cuando llegó, su habitación de Rue Madame estaba en lo mejor de Paris, pero también era oscura. Mesa de estudio pequeña y austera, cama austera, silla y armario austeros. Austeros no, viejos. Pero en pocos días andaba por los pasillos bromeando y discutiendo de fútbol con otros estudiantes italianos y españoles.

Estudiante como Mäel Somme de enfermería, ambos llevaban batiéndose el cobre en Salpêtriere durante el último año con el covid19. Con sus anticuadas gafas de concha, Martin Terrier, según nuestro informador, era el más serio pero a la vez el más divertido de los cuatro, el encargado de organizar los conciertos. La expresión que siempre tenía en su boca, a pesar de no pronunciar la erre, era "rigoler".

Sonaron dos móviles. El de Mäel era una llamada de su padre recordando que le había llamado y no podía localizarle, y preguntando qué estaba haciendo, aparte del vago, que ya estaba bien, que si no se había enterado de que había mucho quehacer en la casa. ¡No estarás con esa panda de sinvergüenzas!

Martin se levantó, salió de la sala de TV y se fue a la Biblioteca. Jules le siguió. Martin hablaba con alguien de los numerosos daños del equipo de luz y sonido. "Sí, pero solo ésto segán más de 25.000 euros, y llevaremos gastados….bffff..no quiero ni saberlo. No llegamos. Al terminar estaban los dos solos. ¿Cómo va tu reclutamiento? preguntó Jules a Martin.

—"Pas de problem", contestó el marsellés. "Meteré allí un estadio de fútbol. Del hospital van a ir hasta los enfegmos". "Tú", le dijo a Jules, "lleva a los "pegoflautas" de tu partido ¿pero vestidos de fiesta eh? No voy a organizar la soirée más glamourosa de Paris en años para que me traigas a la gente en camiseta. Sé que tienes esmoquin, así que llévalo a la tintorería".

—¿Y el equipo de sonido y luces? Dijo el de Ruan ¡Es una pasta!

No podemos endeudarnos más.

Con la ayuda de sus amigos, Martin había revolucionado con entradas e invitaciones, cuyo control ya habían perdido, a estudiantes de la ENA, derecho y políticas, medicina, empresa, ingenierías, turismo, además de sus compañeros de Salpêtrière como Mäel.

—¿Llamaste a los de las bebidas?, preguntó Martin a Jules.
—¿Y a tu amigo sirio y sus amigos? Dijeron que colaborarían.

"In sha'llah", me contestó. ¡Si Dios quiere!

Es buen tío, dijo Jules, aunque habla poco. Me dijo que hablaría con su primo.

—Lo dices porque está becado por los rusos.
—Nooo, no pudo hablar con él porque estaba sin teléfono. Me ha dicho que vendrán a la inauguración, que cuente con ello.

Martín seguía con su idea de buscar otros patrocinadores pero Cloe y Jules, por la gran inversión o por lo que fuere, parecía inclinarse por aceptar "la ayuda" de los sirios.

Guapa, seria, de madre alemana, padre francés y autoridad en la voz, Cloe Menier, de estatura media—alta, melena rubia y piernas largas, había terminado derecho hacía un par de años en la Universidad de Paris y además de un máster en Relaciones internacionales era una influencer muy popular y tenía relaciones sociales con mucha gente variopinta. Para la mayoría de los pocos empleos que se

creaban estaba preparada en exceso. A tiempo parcial, para obtener-
se un plus de ingresos, era comercial de una agencia inmobiliaria.
Deseaba viajar por encima de todo. Algunos la consideraban altane-
ra y un punto desagradable.

Ese día habrá gente muy diferente. Necesitamos un buen DJ para
incitar al baile y a la consumición. Hay que poner a la gente a bailar.
Pásame el móvil del "Luciérnaga".

—Te lo paso, dijo Jules, que se excusó porque tenía que irse a une
"manif".

Mas incluso que de sus estudios Jules vivía pendiente del partido.
Natural de Ruan, Jules Cambord, el más alto de los cuatro amigos,
llevaba el pelo largo y liso sobre los hombros, estudiaba ciencias políticas en la ENA junto a compañeros de todas las nacionalidades y
andaba detrás de Cloe y tambien de la Secretaría general.

Según Martin, que era un gran lector, Jules se parecía físicamente a
Oscar Wilde, era stendhaliano por "Gojo y negro", decía rulando las
erres. Y por supuesto siendo de Ruan, "Guan" echaba de menos los
campanarios de la ciudad de Flaubert, que Stendhal llamó la Atenas
gótica y la plaza del general Ubert. Se había mudado a Paris hacía
cinco años, a hora y media de casa, para estudiar "Scienspo", donde
contactó con partidos revolucionarios de izquierda y vivía con otros
ochenta estudiantes en la Residencia rue Madame, junto al Instituto
Católico, muy cerca de la Rue d' Assas.

—Con la oreja siempre pegada al móvil con el partido, las juventudes, etc…" ¿sabes algo del comité? ¿Vas a ir a la asamblea?" "Eso es un maniobra del secretario de organización", ¿vas a ir a la mani? y todo ese lenguaje politiquero.

Siendo buenos amigos, a Jules le molestaba la ironía de Martin porque le privaba de las certezas que le daba el pensamiento único de su partido y destrozaba todos sus dogmas llenándolo todo de ambigüedad. A Martin, por el contrario, le molestaba que Jules sólo tuviese, no ya un punto de apoyo, sino una sóla idea desde la que interpretaba el mundo, que por supuesto él ofrecía cambiar para que los demás fueran felices.

Capítulo 3

La apertura del Tabou

Apenas unas horas antes del dramático suceso, Mäel y Cloe llegaron a la Residencia de estudiantes de Rue Madame, muy cerca de los jardines de Luxemburgo donde vivían sus amigos Jules y Martin, que escucharon sus nombres por el altavoz de la biblioteca. Ese es, en realidad, "el inicio del contexto".

Según informaron nuestro contactos de la DGSE, que habían estado en la Residencia "preparando el material", los cuatro amigos salieron de allí con cierto nerviosismo.

Durante los interrogatorios del juicio, todos los jóvenes atribuyeron el nerviosismo al cansacio acumulado y a sus expectativas, no sólo por la organización de la fiesta para festejar el fin del covid, sino por la ilusión de convertirlo en local de moda como lo había sido en 1947 su homónimo predecesor, no muy lejos de allí, en Place Dauphine, aquella cueva mucho más pequeña donde iban los existencialistas y donde además de baile podías encontrar jazz y strip tease.

—¿Llevan todos dispositivo? pregunté a Thierry y Jaqueline.
—Zapatos de Praga.

Había llegado el día. Caminaban hacia el local donde iba a tener lugar la fiesta y el dramático suceso, con el entusiasmo juvenil de los primeros proyectos. De camino al Boulevard pasaron junto al Instituto Católico y Saint Sulpice hasta llegar a Saint Germain des Pres.

¿On va prendre un café? Jules propuso tomar un café en "Les deux Magots". Las sillas de mimbre y rejilla de las terrazas de Paris perfectamente alineadas te miran como queriéndote decir algo, dijo Martin. Jules había quedado en el café con un compañero sirio becado por los rusos al que Jules dedicaba esa empatía que mostraba con los aliados de Moscú. Cordial, aunque de pocas palabras, le había pedido a Jules apuntes de las clases por causa del covid19, pero había mostrado tanto entusiasmo con lo de la fiesta que estaba dispuesto incluso a financiarla, lo que había suscitado la curiosidad de los jóvenes.

Se sentaron bajo el altarcillo de los dos magos chinos salvo Jules, que se dirigió hacia donde estaba sentado Akram. De semejante complexión física, quizás un poco más bajo pero más fuerte, iba vestido a la moda con un pantalón gris y una camisa blanca bajo cuya manga arremangada asomaba un tatuaje que, con el zoom del reloj de Jaqueline, de la DGSE, resultó ser una cicatriz de metralla. Llevábamos semanas siguiendo a los de Rue Madame, y sus llamadas y contactos nos preocupaban más aún desde la caida de las torres de música y la cita de Orsay.

La excitación e inquietud de los jóvenes por la inauguración del local y la fiesta era tal que, a instancias de Cloe, acabaron saliendo a la terraza, donde no llegaba la wifi.

—¿Qué quería? preguntaron intrigados. Lo que está a la vista es su pasado. En su brazo izquierdo, dijo Cloe.

—Que ¿cómo va lo suyo? dice.

—Ya estuvimos en Orsay…¿no? ¡Pues lo dicho!, concluyó Martin. ¡Lo que habíamos quedado y punto!

—¿Y cómo vamos a pagar todo esto Martin?, preguntó Jules. Me ha dicho que ¡Tiene que ser hoy!. No podemos perder esta oportunidad.

—Primero eran "sus diferentes teléfonos" y ahora las prisas. ¡Va le faire foutre! zanjó Martin.

—El sol de junio daba ya sobre la terraza. La gente, vestida con ropa colorida y pantalón corto, disfrutaba del preludio del verano sin preocuparse de las bicicletas, atadas con llamativos candados pintados con nombres y fechas de colores. Sin embargo los jóvenes de Rue Madame, alterados por la ansiedad de la tarde de la inauguración y la presencia de aquel individuo, apenas aguantaron allí veinte minutos. ¿Vamos? Attention! Cuidado con esa bicicleta!.

— Debiéramos alquilar una para movernos por el barrio, dijo Jules.

—Vas a tener que pedalear hoy suficiente, no te preocupes, contestó Martin.

Según informaron nuestros colaboradores de la DGSE sentados en aquella terraza con bolsas de compras y aspecto de turista, antes de irse Cloe se acercó al amigo de Jules, que le entregó una hoja de Le Monde en la que había hecho unos cuantos círculos en la sección de espectáculos.

—Repásala, dijo Akram, mirando a Cloe a los ojos.

Gracias a un conocido los cuatro amigos de Rue Madame, Jules, Mäel, Cloe y Martin, habían conseguido alquilar un enorme local cerca de la iglesia más antigua de París en el sexiême arrondissement. Un viejo supermercado semiabandonado donde solo resistían algunas estanterías desvencijadas y algunos carros abollados, cuyos arrendatarios no habían podido resistir la pandemia del covid—19.

El local estaba muy cerca de allí, apenas un par de minutos, cerca de la Braserie Lipps y el Hotel Au Manoir, completo gracias a la fiesta de aquella noche teniendo que desviar a muchos invitados a otros hoteles."

—Los más afortunados irán en sus "coches de muchos caballos", decia Jules, por la avenida de la Opera como en el cuadro de Pisarro y despertarían en el Hotel Intercontinental. Decisivo había sido la existencia de un parking justo debajo del local, con las dificultades que tiene siempre circular por Paris.

—¡Debajo del adoquín está la playa!, gritó Jules, con el antebrazo tatuado con la hoz y el martillo.

—¡Debajo del tuyo no hay más que serrín y el aparcamiento majadero!¿En vez del PC, ¿por qué no te haces una PCegue? contestó Martin.

Martin, el más extrovertido y mordaz de aquellos cuatro gascones, solía mofarse de la arrogancia ideológica con la que Jules trataba de impresionar a Cloe.

—¡Te suena el tfno Martin!.

Aparte de la atención de Jaqueline y Thierry, compañeros de la DGSE, allí presentes, los jóvenes habían atraído la atención de turistas y parisinos que disfrutaban del sol y la sobremesa en las sillas de mimbre del Café.

—¿Quien era?
—¡Nadie! gritó Martin molesto. Te llaman y no puedes ni "identificajlos". Y si llamas tú, pulse uno, pulse dos, pulse tres. Todos nuestros agentes están ocupados, pruebe más tarde. ¡Y estás dos semanas! Pasa en el Hospital. No hay humanos al otro lado. El marsellés había aprendido de los parisinos el arte de quejarse de todo. Aunque todavía no se consideraba el centro del mundo.
—Yo sólo me quejo de las tecnologías. ¿Era esto el progreso? Junto a cosas extraordinarias nos permiten hacer un montón de cosas inútiles.

Pero no era sólo él.

—Me acaban de pasar un recibo de teléfono de 260 euros, contestó Jules, subiendo el tono de cabreo. Pides explicaciones y que no es cosa de ellos, me han dicho. Que no pueden hacer nada. Y después de no resolvértelo, que si estás satisfecho. Y cuando dices no, que si puedes explicárselo. No te lo explican ellos y encima se lo tienes que explicar tú. Sí, les he contestado. Cuando me pasen el sueldo de su director general.

—Mi abuela, añadió Cloe, noventa años, le contestan todos los dias en el Banco: ¡Hágalo usted desde la aplicación! ¡Pero Señor, si yo no tengo computadora! Los de la mesa de al lado reían. No podemos dar datos. Y luego cualquiera se mete en tu casa a la hora de comer. Eso sí, continuó Cloe. Para acreditar que estás viva tienes que pedir cita en la Administración. Los turistas les miraban y algún parisino incluso les daba la razón.

"El gigas", como llamaban a Mäel por su habilidad con los ordenadores, era el que había instalado el software de contabilidad en el local y el que cuando pasaba por Rue Madame solucionaba los problemas informáticos que iban apareciendo y que no tenían fin. Sobre las Redes decía que lo más fácil es quedar atrapado en ellas.

Pasadas las 17:00, en la terraza del café ya se oían los compases de las charangas. Se levantó el aire y el cielo despejó. Se levantaron de la terraza para enfrentar la larga tarde—noche que les esperaba. Con la llegada del verano músicos profesionales y amateurs toman las calles de Paris y las llenan de colorido. Los aledaños de Saint Germain, el Louvre, St. Michel, Ópera Garnier, Bastille y cientos de cafés y restaurantes a lo largo de toda la ciudad. Por las calles se veían ya signos de la vorágine que se avecinaba. En un par de horas, la música, los disfraces y los desfiles estarían por todas partes, solapándose y superponiéndose unas a otras.

Al llegar al local alquilado para la fiesta, se quedaron los cuatro parados, como por ensalmo, contemplando su obra amueblada y dispuesta. Aquella barra con forma de barco, las hojas verdes de aquellas grandes plantas colocadas en maceteros blancos asomán-

dose a la enorma sala y aquel aire colonial con fotografías y mapas
del desierto.

—Menuda guasanga se va a montar aquí en un momento!, rompió
Martin el silencio.

Había aún un ligero olor a pintura a pesar de que habían ventilado,
probado el aire acondicionado y utilizado esencias de limón y aro-
mas del desierto además del frescor que propociaba las plantas de
grandes hojas verdes repartidas por el local, que Cloe volvió a regar.
Sintieron el orgullo del arquitecto con su obra levantada.

Por nuestra parte, Gerard desde una furgoneta de servicios de pe-
dicura a domicilio aparcada no lejos de allí, ya había captado junto a
sus ayudantes la señal de las cámaras. Funcionaban correctamente.
Durante unos minutos, con el local aún sin gente, los jóvenes reme-
moraron la primera impresión cuando, tan sólo una semana antes,
parecía imposible desentrastear aquel supermercado desguazado.

Atrás habían quedado ocho días de trabajo extenuante sin apenas
descansos. La ilusión podía con todo, sin reparar demasiado en el
coste de todo aquello. El local grande, la zona inmejorable, parking
justo debajo y otro supermercado cerca para la intendencia, sitio
para un montón de mesas, sillones y sofás conformando un montón
de rincones a cual más acogedor, lámparas de lágrimas y lámparas
de mesa, manteles blancos, escenario sólido para la orquesta, techos
altos, una isla—barra de ensueño, pista de baile, enorme cocina,
zona privada para el personal y hasta un pequeño despacho para
negociar las cuestiones económicas con los proveedores. Aquello iba
a costar una pasta.

Para tratar de que no se disparara aún más, ellos mismos llevarían a cabo la reforma y acondicionamiento del local en apenas una semana, con el apoyo de algunos profesionales, amigos o conocidos. El local era luminoso con cristaleras que daban al Boulevard, pero estaba destrozado. En la pared del fondo había un espejo donde se reflejaban los asistentes y a veces sus opiniones.

Había que limpiarlo, pintarlo y decorarlo.

—Hay que levantar el suelo, eso sí. Raspar, cepillar y barnizar el parquet, como en el cuadro de Caillebote en Orsay. ¿Lo habéis visto? Es alucinante, dijo Jules. Él sólo merece una visita al museo.

A Cloe le entusiasmaron aquellas viejas lámparas, espejos y muebles antiguos dañados de despacho de dirección, heredados de un anterior propietario, en particular un candelabro de siete brazos que en lugar de llevar a un guardamuebles, la propiedad se había limitado a tapar con sábanas viejas y daban al local semiabandonado un aire fantasmal, sobre el que Jules hacía bromas. Retirar cada sábana era descubrir una sorpresa y una labor ingente por reparar desperfectos.

—On va manger quelque chose au Kebab, antes de empezar. ¿On nous rejoint Cloe? propuso Mäel.
—Yo soy más de chucrut!, dijo Cloe.
—Has probado el sándwich de falafell? Te va a gustar.
—Bueno, pero sin café. Pas des liqueurs. Hay que empezar ya. Tenemos una semana.

Mientras recogían y cerraban el local, Jaqueline Duverger, de la DGSE, tuvo el tiempo justo de colocar un "chicle" bajo una de las seis mesas del Kebab. Se cruzaron en la puerta. No la pillaron de milagro. Si no hubiera llevado gafas de sol y un hiyab en la cabeza, la hubieran reconocido en el Tabou más tarde.

Jaqueline era muy buena en lo suyo, quizás demasiado exótica para ser agente, aunque tenía a su favor que era difícil mirarla y pensar al mismo tiempo. Seguramente en sus misiones en África pasase un poco más despercibida. Aquel día venía de "la piscina", la sede de la DGSE, (servicio información francés del exterior) no confundir con "la Ferme", la DGSI (servicio de información del interior), entre las que no pocas veces surgen, como entre nuestras agencias, las lógica rivalidades o problemas de coordinación.

Durante aquella comida los cuatro jóvenes debatieron sus preocupaciones, entre ellas la más importante, la financiación. Hablaron sobre la cita de Orsay y lo que habían dicho durante la misma Akram, el compañero de Jules y su primo.

—Habéis visto las facturas, dijo Mäel y Jules asintió: No hay otra opción!
—Si entran ellos se acabó la libertad, concluyó Martin.

Jules representaba el interés. Ideológico, pero interés. Cloe la fortaleza, Mäel el desamparo y Martin, el escepticismo. Y con todas ellas y su juvenil entusiasmo trataron durante aquella comida en el Kebab varios pormenores de su proyecto, entre ellos los relativos a los colaboradores con los que deberían contar para la fiesta de apertura y el que suscitó mayor controversia de todos, el nombre del local.

—Será cosa de que nos volvamos, dijo Mäel.

—Imposible por tres gazones mon pote!, dijo Martin:

—La primera, porque no hemos terminado de almorzar; la segunda, porque queda tela por "cojtar"; y la tercera, que aún tenemos que bautizar a la criatura.

Durante unos segundos perdimos la señal.

"Os toca a vos proponer nombre para vuestra criatura", se oyó de nuevo a Jules cuando la recuperamos, a quien la maniobra de descalzarse minutos antes de Cloe dejando los zapatos en un rincón y a nosotros sin señal, le pareció de lo más sexy. Quizás intuía la alsaciana que llevaba unos "zapatos de Praga".

—La señal era tenue y entrecortada. No, no, yo delego tal honor en vuesa excelencia, acostumbrada a abrir y cerrar actos y tabernas.

—De acuerdo, comenzaré yo.

Jules propuso "Lapsus", pero sonaba a bar de alterne; Cloe, más glamourosa se inclinaba por "Outre Couture", muy francés, que a Jules le pareció femenino y pretencioso; Martin terció con "Gorilas en la niebla", pero era broma. Y Mäel, dijo "Por fin", pero aquello era solo el principio.

No sin debate finalmente acordaron bautizar el local con el nombre de "El Tabou", en honor al que fuera el garito más famoso de Paris tras la Segunda Guerra Mundial, quizás un poco más psicalíptico entonces albergando ahora la esperanza de aprovechar el desenfreno que se vaticinaba a la salida de la pandemia. La apertura sería el sábado 21 de junio coincidiendo con la fiesta de la Música en Paris, y para ello harían cuñas de radio y empapelarían con affiches y pasquines las calles de los barrios próximos.

Al volver del Kebab, empezaron con el parquet, que apareció húmedo y astillado al levantar el suelo que habían colocado encima los del supermercado. Necesitaron la ayuda de una cuadrilla del gremio que buscó Jules a través del partido, y que se quedaron alguna noche hasta más tarde porque precisaban, según dijeron, maquinaria de obra para secar una humedad galopante en el hueco que había entre el suelo y la arena del fondo. Por último el olor penetrante del barniz estuvo a punto de intoxicarlos a todos, aunque a los jóvenes, no parecía ponérsele nada por delante.

Cloe salía de vez en cuando con Mäel a resolver la exasperante burocracia relacionada con la apertura del local. Papeles, autorizaciones, pero en ningún sitio encontraron personas con las que hablar o incluso discutir los pormenores, todo "robots".

Dura como una walkiria, discreta y ambiciosa, cuando se trataba de Mäel le salía una vena protectora porque decía se veía desde el Boulevard la ausencia de figura materna. Gracias a Martin, Mäel, "el gigas", que estaba harto de softwares y ordenadores, llevaba unos meses haciendo prácticas en urgencias en el Hospital La Pitié de Salpêtriere, donde las camillas se agolpaban durante la pandemia del covid—19, como una ciudad olvidada en doble fila.

A las órdenes de un equipo encabezado por la Dra. Chastain, una encantadora neumóloga de pelo negro y rizado nacida en la Martinica que le había acogido como uno más, Mâel y Martin habían doblado turnos y vivido duras experiencias. Familias destrozadas por un virus desconocido, momentos difíciles que el de Amiens no olvidaría, aunque confesaba que en ningún sitio como en la Pitié había encontrado mayor razón para vivir.

Llevábamos tiempo rastreando las llamadas de los jóvenes de Rue Madame a raíz de la organización de la fiesta. Aparte de Akram, el compañero de Jules, aparecía en ellas con la voz u poco distorsionada Rasul Cheriff, el tunecino, hablando de la financiación de la fiesta, deseándole "Ramadán kareem" o Gabi Mustafá, el curioso buquinista del Sena, mencionando no sé que pastillas para la fiesta, así como algún miembro de "la Muckabarat", la inteligencia del régimen sirio de All Assad que había tenido contactos con gente que investigábamos.

Aquella tarde, durante un receso en el ruido insufrible de los taladros y las parafusas del Tabou, trabajos para los que los jóvenes contaban con permisos del hospital de Salpêtrière, Jaqueline, de la DGSE, "acompañó" a Mäel en su paseo por el barrio pensando que su destino era el Sena.

Pero a traves de la Rue de Rennes, Mäel desembocó en la iglesia de Saint Germain des Pres. No era practicante, pero le gustaba el silencio de las iglesias, las sinagogas, las mezquitas. Jaqueline conocía más el de los desiertos. Allí, recogido en el silencio, se sentó en un banco, alejado del turistas para hablar con su madre fallecida hacía unos años, a ver si ella le podía dar razón de aquel tiempo de horror en el que se habia convertido la vida con su padre y de paso, alguna luz para el Tabou, —según supimos gracias a los zapatos de Cloe—, que se acercó a buscarle.

—"La recuerdo bajando por la orilla del Sena los domingos, se oía a Maël, mientras caía un sol que convertía como siempre Paris en un cuadro, llevándome del brazo junto a riadas de gente que se dirigían hacia la misa de seis de Notre Dame, a escuchar las homilías del Cardenal Justiger, un orador excepcional, igual que hoy acuden al fútbol a Saint Denis. Aquellas misas eran un acontecimiento en Paris. Como un gran partido o un gran concierto".

Había comenzado a llover. Esquivando charcos y gente con paragüas, Cloe y Mäel volvieron al local. En cuanto acabasen con aquellos botes de pintura, una empresa de fontanería se ocuparía de solucionar las chapuzas que habían dejado a medio hacer unos amiguetes de Jules, salidas de agua, contadores y dos aseos enormes a los extremos del local, cuya elección y decoración llevaba Cloe. Estaba todo previsto. Una vez terminado, unos amigos de Martin que tenían la contrata de Salpêtriere, ultimarían la instalación eléctrica.

—¿Y este panfleto? preguntó Martin.
—Lo trajo Cloe. Es para la decoración y la barra.

Cloe había recorrido todo el Quartier latin provocando algún que otro frenazo con su esbelta figura y su melena rubia. Martin decía siempre "¡allá va la Jalalá!", por su forma de conducirse esta vez hasta Argenteuil buscando el mobiliario y la decoración de inspiración colonial, donde encontró un invernadero del que se había traído unas plantas y unos enormes maceteros blancos.

El remate de aquellas nada fáciles compras, dado el poco tiempo que tenían, lo encontró como instagramer. Y fue una barra, con forma de isla ovalada en mitad del local, con botellas iluminadas espectacularmente y resaltadas con llamativos colores, verde esmeralda en el estante superior y color arena en el inferior que Cloe no tenía idea de cómo iban a pagar, si Jules no lograba contactar con Akram. La instalarían en tres dias. Cloe, tan austera para lo suyo, había tirado la casa por la ventana con la barra del Tabou.

—Ya lo pagarán los patrocinadores, había dicho Cloe.

Por último, limpiar las enormes cristaleras que iban a permitir a los invitados ver y ser vistos desde el exterior.

—¿Quien encargó estos sillones claros? Joder, a quien se le ocurre, Cloe!

—A Cloe, respondió Cloe.

—Habló Cloe, "punto regondo", dijo Martin, que aún sin querer, parecía que buscaba palabras para que le "gulara la egue".

— ¿Y estas lámparas bajas?

—¡Qué pesado! También a Cloe.

Ya, pues ¡A ver quien va a limpiar todo esto!

—Por Dios Jalalá! Hay que pensar más allá..! Tiene que durar años!

Martin habia pedido ya disculpas pero Cloe había cogido ya la moto de su enfado y ya no se bajó.

—Haber ido tú. Sabes hasta donde he tenido que ir. Es muy fácil ordenar, vete, traéme, acércate, cómprame, no sabéis lo que es. Y así durante diez minutos de chorreo repitiendo con una fijación inquebrantable la misma frase, con independencia de las explicaciones de Martin. No me he sentido apoyada lo más mínimo.

— Pero si yo lo que digo es que…

—¡Calla gruñón! ¡Que estás todo el día igual! contestó airada Cloe, cada vez más desagradable.

Según relataron Jaqueline y Thierry, que realizaban el seguimiento de los jóvenes de Rue madame, a medida que el cansancio hacía mella en aquellos jóvenes ilusionados con la empresa, la fiesta y el destino de sus ganancias, el entusiasmo inicial iba dejando espacios de roce. Quedaban días para acondicionarlo y la empresa se antojaba de titanes.

Capítulo 4

La charla de la abuela

De camino a la charla de Rue madame, Thierry Noisserie reportó que Cloe vivía en la Rue d'Assas, cerca de Montparnasse, en un piso grande de techos altos, con su abuela, Judith Menier, que era aún más moderna que ella y daba una charla en la Residencia de estudiantes de Rue Madame donde vivían los amigos de su nieta. A medida que se acercaba iba encontrando más gente que parecían ir al mismo sitio. La charla había logrado convocar a más gente que algunos de los conciertos y jam session que organizaba Martin. Con quince años la abuela de Cloe había sufrido junto a su madre los horrores de Awschitz. Pero al menos lo podía contar.

Como profesor invitado de francophonie, Thierry Noisserie charlaba con los organizadores de los eventos y no tenía problemas para moverse por la Residencia sin despertar sospechas ni suspicacias y poner aquel día un chinche o chicle bajo la mesa. "Los virginianos" lo usamos indistintamente. Tras la presentación por un prestigioso profesor de Historia moderna de la Sorbonne, Judiht Menier bebió un trago de agua y comenzó.

"En Awschitz cabían 400.000 y metieron 1.400.000 judíos. Murieron el 90%".

—"Cuando se pasa tanta hambre, contó aquella tarde con el salón de actos de Rue Madame lleno, no se piensa más que en comer. Hierba si es preciso. Todas las demás necesidades o pensamientos desaparecen."Pese a haber pasado tanto tiempo sus palabras conservaban el dolor de la rememoración. "Cuando nos liberaron mucha gente se murió de congestión con aquellas latas que llevaban los soldados americanos. Comer y salir vivos de allí eran los únicos pensamientos. En circunstancias así se aprende qué es lo esencial, y qué lo superfluo".

El moderador no perdía ripio de las palabras de la abuela, pero a quien no le quitaba ojo era a la nieta.

Rasul Cheriff, un estudiante tunecino educado en Inglaterra había sido elegido por los estudiantes como moderador en las conocidas charlas de Rue Madame. Había decidido trasladarse a Paris a hacer unos cursos en la Sorbonne, a pesar de que, durante la Primavera árabe muchos compañeros habían viajado a Londres para invitarle a sumarse.

Durante un breve receso, Rasul que departía con profesores y alumnos de la residencia, se acercó a Cloe:

—¡Qué lucidez tu abuela!
—Sí, sonrió Cloe, con su alegre seriedad. En casa tampoco calla.
—¿Vivís aquí?
—En París, sí, pero no en la Residencia.
—¿Has estado en Awschitz?
—No, nunca.

Rasul había estado hablando con Martin sobre financiación y ahora lo hacía con Cloe. "Rasul es nuestro hombre", dijo Thierry, que temía un segundo "accidente" para doblegar a los organizadores de la fiesta. Allí estaban aquella tarde dos de los sospechosos del derrumbe de las torres de música.

Sentado de nuevo el auditorio y reanudada la charla, la abuela retomó aquellos terribles y aún vivos recuerdos.

—Aunque parezca difícil de creer, os aseguro que yo me salvé por una palabra. El auditorio aumentó su concentración a la espera de la explicación.

—Un dia al fondo del patio apareció el mismísimo Joseph Mengele, el angel de la muerte". Se oyó entonces una inspiración fuerte, seguida de una tos repetida, que parecian cuestionar entre el auditorio lo que la conferenciante decia. Visiblemente contrariada, Judith Menier, logró hacer caso omiso, bebió un poco de agua y continuó.

—Pidió que formásemos una fila y que dijéramos 3 palabras. Como cuando jugáis al scrabbel en la Residencia. Las que iban delante de mi fueron diciendo e iban apartándolas a un lado. Al llegar mi turno yo dije "pintar" y se detuvo la cuenta. Había pronunciado la palabra mágica. Necesitaba que alguien le pintara su casa. Eso tuve que hacer y eso me salvó. No volví a ver a aquellas compañeras de la fila."

Mientras vivía aquel horror pensaba que el mundo entero sabía lo que estaba pasando.

Volvió a escucharse otra tos deliberada y algún monosílabo de disconformidad. Con igual fin, el chasquido de una lengua que alguien, en vez de meterla donde debiera, juntó contra el cerco de sus dientes.

La charla había generado expectación durante las semanas previas, no sólo en el VI arrôndissment, sino en la propia opinión pública. Había salido en prensa e incluso el propio presidente de la República había intervenido escandalizado por estos hechos.

En el momento en que entraba Jules, que venía de la asamblea del partido sonaron, varios tirurirus seguidos de what's up y todo el mundo se volvió a mirarle. Se sentó calladamente en la parte de atrás. Mäel y Martin que habian llegado tarde de Sâlpetriere, andaban también por allí.

—¡Vaya guasa! Le dijo sonriendo Martin.

Según Thierry, que asistía al acto, el salón de actos estaba lleno pero mientras hablaba de francophonie con "la Bellas Aguas" de Guadalupe, Mäel y otra amiga martiniquesa, sin perder de vista al auditorio, reportó inmediatamente: Junto a vecinos del sexiême arrondissment, un bouillon de periodistas políticos y caras conocidas de la culture parisiense acabo de ver al amigo sirio de Jules.

Y en el preciso momento en que la abuela de Cloe terminaba y los asistentes hacían corrillos entró Jules acompañado de un hombre joven rubio, de traje oscuro y gafas de pasta, al que presentó como Constantine Koursechov, un agregado cultural de la embajada con el que se reunía a veces y que había quedado en pasarse por la charla. Hablaba un francés mejorable, dijo Thierry, con ligero acento a wodka. Venian, según dijo, de una asamblea del partido.

Akhram, el compañero de Jules se abrió paso a continuación entre los corrillos para llegar hasta donde estaban ellos.

—Ça va? les saludó.
—Ça va.

Jules les había citado para hablar de la financiación de la fiesta. Mientras Rasul Cheriff, el tunecino, se acercaba a Cloe.

— Increíble tu abuela.
—¿Cómo puede la gente seguir después de algo así?
—No lo sé. Se lo he preguntado muchas veces.
—Y qué te ha dicho?
—Que no sabe. Sólo que hay gente que se empeña y lo consigue. Si ellos lo hicieron, nosotros también. Según ella la palabra mágica, además de pintar, es ¡adelante!
—Supongo que si lo logras, luego el impulso vital te empuja, añadió Cloe.

En el Salón de actos de Rue Madame, había familiares jóvenes y mayores de algunas otras víctimas del holocausto que hablaron de la diáspora y de Israel. Algunos habían vivido allí décadas.

—¿Has estado alguna vez? Le preguntó Rasul.
—Sólo una vez, con amigas, contesto Cloe colocándose el pelo liso, rubio y largo por detrás de la oreja. En Tel—Avid me gustó el mar. Y me sorprendió lo modernidad. Y en Jerusalem la explanada de las mezquitas y el centro cultural francés. Pero para vivir, prefiero Paris.

Durante los corrillos, Judith tuvo que mostrar el brazo marcado en Awschitz pero, aún así, algunos no quedaron muy conformes, como aquel hombre alto y fuerte que había resoplado y exclamado monosílabos durante la charla. Aquel hombre de los bufidos pasó al final junto a su acompañante a charlar con Jules. Aquel armario de tres cuerpos y su acompañante árabe estaban el día en que cayeron las torres de luz y sonido.

Dicen que en el Palacio de Justicia, durante el juicio, también se oyó ese ronquido y la Bellas Aguas, que estaba en los dos sitios, influída por la Santería, creyó escuchar la voz del muerto, quejándose por alguna causa. Pero lo más probable es que fuese una cabezada de alguno de los magistrados.

Las sesiones del juicio se iban sucediendo ante el cansancio o la desgana de alguno de ellos y sin grandes momentos que destacar salvo un amigo de la víctima que al decir de los demás debió de estar en otra fiesta porque, aleccionado por Vergemont, describió a Oberón como un plácido angel de la guarda lo que provocó el murmullo del público y en algún caso incluso la inoportuna hilaridad, entre quienes habían asistido a la fiesta, dada los graves hechos enjuiciados.

No había en la Sala familiares de la víctima como en los States, más que su mujer reclamante, ni se televisaba, ni decían aquello de We the jury, unanemous find y The State has established behond any reasonable doubt, el jurado considera unánimemente y el Estado establece más allá de toda duda razonable…

La mayoría de quienes asistimos a las sesiones del juicio por los hechos del Tabou teníamos la impresión de que para aquel Tribunal, del que uno de los miembros echaba una cabezada cada poco, nada de lo sucedido en Rue Madame durante los días previos a la fiesta iba a ser considerado relevante, ni siquiera como elemento de convicción. Ni siquiera los muy particulares antecedentes de víctima y acusado.

Uno de los testimonios que provocó el runrun y las comidillas de los asistentes a las sesiones del juicio del Tabou en el Palacio de Justicia de Paris fue el de la sanitaria compañera de Martin en Salpêtrière Elisabetta Mascarella, que después de varias evasivas insistió en aquello que creo haber citado de que "si hubiera sabido la liada que se iba a montar alli, no hubiera ido ni borracha." El hecho es que borracha estuvo. Lo que ni quiso ni pudo fue salir. Había hombres que me sacaron a bailar y recuerdo que uno bien parecido de pocas palabras, pero lo dejé plantado en mitad de la pista. Estaba más pendiente del resto de la gente que de mi. Sobre todo de mis compis de Salpêtriere organizadores de la fiesta Maël y Martin. Pero el colmo fue cuando me dijo, "¡Ritornno súbito!" y sacó a bailar a Cloe, dejándome con un plamo de narices. Pero la verdad es que nos lo estábamos pasando de miedo. Bailábamos como locos. Tout allait bien. On s'amusait trés bien. Davvero! Doppo, todo lo que pasó después. Aunque yo estaba en otro extremo del local, vi cómo empezaba a salir mucha gente de repente con cara de haber visto un fantasma.

—Vió salir al acusado?
—No, Había perdido mi chaqueta. Intentaba recuperarla.

El ujier salió de la Sala y llamó al Sr Martin Terrier.

El marsellés, nervioso pero burlón, entró en la Sala con aire despistado y tropezó deliberadamente, lo que provocó cierta hilaridad en la Sala, descargando cierta presión.

—¿Es usted el director de la fiesta del Tabú, no es así?

—¿A qué se refiere? Contestó Martín.

—¡Que si la organizó!, exclamó con voz de ultratumba maître Vergemont.

— Participó mucha gente.

—Ya…contuvo su progresivo enfado el abogado de la acusación. ¿Ordenó usted o no imprimir las invitaciones?

—Correcto.

—Vamos avanzando, añadió Vergemont.

— ¿Y las distribuyó o no por Salpêtriere, La Cató, Saint Germain le Quartier Latin, etc..?

—¡O sea que la organizó!.

—Si lo quiere usted llamar asi…contestó Martin..

¿No es más cierto que pagó usted los affiches por toda la ciudad, las cuñas publicitarias en la radio, etc…?

—¿Que si no lo hice o que si es más cierto?, preguntó Martin ante el retruécano del abogado.

Limítese a responder, intervino el Presidente del Tribunal, si lo hizo usted o no.

—Lo cierto es que lo hicimos entre varios amigos y compañeros, sí.

—¿Y lo es igualmente que para pagar todos esos enormes gastos contactó usted con estudiantes sirios?

— Contacté con un montón de gente aquellos días, respondió Martin. Le podría decir al menos veinte nacionalidades diferentes.

Informe de Jaqueline Duverger. DGSE. Fecha 21/06/20. Día de la fiesta de la música. Paris. Inauguración del Tabou 19,00 h.:

Cloe llega en bicicleta hasta Pont Bir Hukeim. Está delante de mi, cuarenta metros. Sin transmisor. A la izquierda tiene la Torre Eiffel y a la derecha la estatua de la libertad. Espera a alguien en el carril central, entre las columnas, bajo la estructura del puente de acero sobre la que pasa el metro. Pretenden que el ruido distorsione cualquier posible dispositivo. Apenas dos minutos después aparece el joven estudiante sirio, que localizamos en Au Deux Magots, Akram, compañero de Jules. Hablan lo imprescindible.

Cloe coge su bicicleta y deja a su derecha la Estatua de la Libertad de Bartholdi, también vigilada por el operativo. Dos hombres de la DGSE, permanecen apostados en el muelle. Negativo.

Baja en bicicleta el port de la Conference, junto al Pont del Alma. Se abre camino entre un montón de gente. Logra embarcar la última en un batteaux mouche a punto de zarpar en el que, advertidos por la Central, estábamos ya nosotros haciendo el recorrido en cubierta, entre 250 personas vestidos con ropas de todos los colores, en principio, turistas.

Jaqueline hablaba en plural en el informe, aunque en principio iba sola. Llegamos a Pont d'l Alma, Ahora los turistas lo conocen por la muerte de Lady Di en un accidente de tráfico en el túnel que atraviesa por debajo.

Cloe atraviesa la cubierta y se sienta en las últimas filas después de mirar el rastro de los motores en el agua. Observa a los turistas mientras se recoge el pelo. Intenta algunas llamadas sin éxito y a su lado un educado japonés le señala los puentes. How many?

—37, hay treinta y siete, contesta la alsaciana.
—Ohh el japonés le da las gracias con una reverencia.
—Cruza un barco en sentido contrario hacia la Torre Eiffel.
—El japonés señala de nuevo con el dedo, ¿subimos o bajamos?
—Ellos bajan porque van hacia la desembocadura en Normandía. Nosotros subimos río arriba, le dice Cloe en inglés.
—El japonés sonríe agradecido con simpatía.

Con los reflejos del sol poniente a sus espaldas el agua adoptaba un brillo blanco en el centro y verde hacia los muelles. Un barco más rápido pasa en dirección contraria levantando olas.

El reloj de Orsay a la derecha. ¿Droite? Preguntó el japonés extrañado. Sí, desde aquí derecha, aunque sea la rive gauche, contestó Cloe.

Estamos apenas cinco filas por detrás de Cloe. Lleva un pantalón vaquero y una blusa blanca con volantes. Había algo tachado en el informe después de la blusa. Tuvimos que esperar uso minutos después de aplicar un producto a la tinta del tachón hasta que apareció la expresión "muy mona". Una concesión femenina de Jaqueline a la frivolidad en un tarde por el Sena hasta entonces calma, con el brillo de los reflejos del sol en el agua.

Al llegar a Alejandro III el barco atraca para dejar y recoger. Suben y bajan turistas, Uno ruso se sienta junto a ella. Lo ha visto llegar y lo ha reconocido. Es Koursechov, el agregado cultural de la embajada que había estado en Rue Madame.

—¿Ça va?
— Ça va, contestó Cloe, que le vió llegar.

Un hombre que dice ser amigo suyo, me ha pedido en el embarcadero que le dé esto, y sacó de la chaqueta un sobre doblado. Cloe miró hacia abajo y en el embarcadero vió al estudiante sirio amigo de Jules, que en el último momento rehusó subir, supongo que por seguridad. Kournechov observaba el mecanismo hidráulico del barco que bajaba la cabina para atravesar algunos puentes y adoptó la actitud de los turistas mirando hacia los monumentos de las orillas a un lado y otro del cauce.

Cloe abrió el sobre y volvió a cerrarlo, sin hacer ningún comentario.

Sonó la megafonía: A la izquierda plaza de la Concordia.

A continuación Pont des arts, la pasarela de los artistas y los candados, y la cúpula de la Academie Française. Y Pont Neuf, paradójicamente el más antiguo de Paris, justo al comienzo de la île de la Cité.

Y tras el esqueleto de Notre Dame superviviente, el barco giró en redondo para dar la vuelta a l`île de la Cité y tomar la rive drôite.

Capítulo 5
El bouquinista

Con apenas 20 años, Mäel Somme tenía la candorosa inocencia del varón que no ha tenido que sortear la esquivez de la mujer, luego de haber perdido la referencia materna a los diez años y conservando aún su cálido recuerdo. Pronto se quedaría también sin la de su hermano mayor al que su padre echó un día de casa.

Nacido, según nuestros informes, en la Picardía, en Amiens, Mäel recordaba sus excursiones de niño por los Hortillonages, los jardines flotantes y un perro que se había quedado allí cuando se mudaron a Paris, muy cerca de la Marais de Argenteuil, en el alto Sena donde trabajaba su padre como funcionario.

Sus recuerdos más agradables venían de los alrededores donde le llevaba su madre para enseñarle los escenarios donde habían sido pintados los cuadros de aquel libro gordo que había en casa, orillas con veleros al atardecer, barcos de madera con mucha luz y color, paisajes nevados, camino al borde del rio y sobre todo el campo de tulipanes rojos por donde atravesaba una madre de negro con sombrero y su hijo.

Desde que comenzó la pandemia del covid—19, Mäel hacía prácticas de enfermería en el Hospital Salpêtrière, donde Martin, que llevaba tres años, le había buscado la oportunidad.

Pero una semana antes de la inauguración del Tabou:

— Mäel!, traéme las tijeras de podar! Esas no, joder, las otras!

Siempre perdiendo el tiempo con esos amigos tuyos, a qué coño os dedicáis? No me gustan un pelo! Todo el día de botellón ¿Cuándo piensas terminar ese curso para inútiles al que dices que estas apuntado? ¿Enfermería? ¡Pero si te asusta la sangre! Yo lo de este chaval es que no puedo entenderlo, ¡Es que no piensas empezar a ganarte la vida! A tu edad yo....quita, quita, ¡No vales para nada! Y cuando vuelvas compra un abridor que no sé que hicisteis la última vez, gritó un hombre de barriga considerables y fino bigote que en el ayuntamiento se confundía con el mobiliario. Pero si hace no sé cuanto que mis amigos no vienen por aquí y tú abriste una ayer. Es igual! ¡Traelo y no repliques!

Una de aquellas tardes de primavera y cielo azul en Paris, mientras los amigos trabajaban en el acondicionamiento del Tabou, Mäel se escapó de la faena sorteando los andamios. Aparte de sus compañeros de Rue Madame, su mejor amigo era un bouquinista del Sena amante de los libros antiguos, en quien parecía encontrar la protección que le faltaba, Gabi Mustafá.

— "Tesoros de los remedios del alma", se refería Gabi a los libros que asomaban por todos lados en su bouquin. Primeras ediciones, rústica, colecciones, pero también libros de viejo, con una selección de títulos que se debía a su buen criterio pero también al de los antiguos propietarios de las librerías que habían ido a parar su bouquin.

También sería citado como testigo en el juicio. No sólo por su presencia en el Tabou en el momento de los hechos sino por lo que más adelante se explicará.

De origen egipcio, cuando llegó muy joven a Paris, Gabi Mustafá vendía pulseras de colores y bolsos por los bares. Casado con una francesa hiperactiva que recorría Paris en un coche pequeño alquilando pisos a los turistas. Thierry decía que era como un beduino con camello, domado por una parisina motorizada y en su negocio al borde del Sena, guardaba escondidos entre aquellas pirámides de libros, viejos tesoros de las mejores viviendas del sexiême arrôndissement. Algunas de las mejores bibliotecas personales de Paris habían pasado por aquellos cofres verdes. "Los libros electrónicos han hecho mucho daño al negocio", decía, pero aquel bouquin seguía escondiendo muchos secretos de Paris. Nosotros bucábamos un secreto en particular. Por eso Thierry colocó "un chicle biónico", o "un chinche", como decimos nosotros, en el Bouquin.

Allí estaba Mustafá, risueño, con su cara ancha y su tez oscura, perilla y poco pelo revuelto en lo alto escuchando en la radio el partido del PSG, junto al Conde de Montecristo, Alejandro Dumas, los miserables, Victor Hugo y láminas para turistas protegidas por plásticos y reproducciones de cuadros famosos colocados en un par de caballetes.

Era tan forofo de Naguib Mahfud como de Messi, de Cristiano Ronaldo como de Bernard Henry—Levy o de Balzac. Pero por encima de cualquier otro, su ídolo era Salah.
¿ça va le boulot?

Aquellos caramelos del tamaño de un bombón estaban cuidadosamente envueltos en papel celofán de color very pery.

—¿Drogas? Paso, dijo Mäel.

—Noo!! Ahjaajj, rió Mustafá. Yo no vendo eso.

Su mejor marketing eran los apretujones y arremolinamientos que se formaban en el bouquin para comprar los caramelos del futuro. Una vez recogidos la gente los desenvolvía con fruición.

Mientras ordenaba cosas en su bouquin, alguien levantó la voz a espaldas de Mäel. Un individuo alto y fuerte vestido de traje oscuro del que solo vió su enorme espalda cuando le sobrepasó. No reparó más que sus voces y sus malos modales. Se enfrascó estúpidamente en una discusión pidiéndole a Gabi no sé qué papeles y documentos. Supongo que entre ellos estarían los papeles de los caramelos. Los documentos que los autorizaban y los papeles vey pery que los envolvían.

Mientras hablaban en alta voz, Mäel aprovechó para revolver en el bouquin. Aparte de unos CD que alguien habia dejado sin más explicación y que nos preocuparían más tarde, descubrió en los cofres, el ultimo de los tesoros de Gabi. Su más preciado descubrimiento. Aun con algunos intermediarios en el camino, aquel hallazgo no había llegado de El Cairo sino de un lugar mucho más próximo. El Pont des arts.

Como el más ilusionado de los arqueólogos acabante de descubrir su yacimiento, su amigo buquinista esperaba reconstruir restos de actividad humana del último siglo e incluso anterior. No sólo de Paris sino de las más recónditas ciudades del mundo. Un nicho de negocio para reconstruir historias de pasión internacional. Pruebas de amor, de las que Gabi era ahora fedatario público.

Después de Dios sabe qué peripecias, naufragios y cabotajes, habían llegado hasta su cofre de bouquinista recuerdos de apasionadas historias de amor que perduraron o naufragaron en el Sena. Junto a los collares, pendientes y pulseras de siempre, podían verse tubos de laboratorio llenos de caramelos color de rosa con un rótulo en mayúsculas impreso en tinta negra que decía "Bilirrubina". Otros azules que decían "Oxitocina", los de caramelos verdes ponían "Adrenalina", y los negros, los más demandados por su clientela, según decían los frascos eran de "Testosterona".

En ese momento llegaron cuatro jóvenes y dos hombres mayores para preguntar por aquellos caramelos de colores.

Separados por ramas de romero y hierbabuena los botes eran manejados y recargados por Gabi con la paciencia de un alquimista. Junto a aquellos botes podías encontrar en el bouquin vestigios de largas historias sentimentales y catástrofes de antiguas pasiones ocurridas después de aterrizar o abandonar la ciudad del amor, que han llegado aquí misteriosamente al cofre. Pero a Mäel le parecía que aquel cofre y Mustafá escondían algo más.

—"Menos mal que por la noche echo el candado".

Ese fue el principio de su confesión, porque precisamente ese era el tesoro del bouquinista.

Desde hacía un tiempo Gabi Mustafá vendía los candados de colores que durante años habían colocado las parejas en las barandillas del Pont des arts, sin reparar en que el peso de la pasión podía hacer peligrar el propio puente, lo que obligó a las autoridades a retirarlos ante la amenaza de un colapso sentimental de medio mundo que podía acabar en el Sena, donde quizás aquel amor empezó, o por donde al menos se paseó.

—Menudo atorrante, respondió Mäel, cuando se fue aquel hombre que había tratado a Gabi airadamente.

—Contable y administrador. Me lo recomendaron unos amigos. Chapurrea cuatro palabras en árabe y dice que una vez estuvo en Damasco, en un viaje por Oriente medio organizado desde Londres. Un enfermo del dinero. Anda dando el coñazo a un montón de colegas por aquí. Un pelmazo. Pero me ha dicho que podía presentarme a algunos de sus contactos árabes que podrían ayudarme.

—No sé. A ver.

Este concreto particular saldría a relucir en el juicio durante el interrogatorio que el abogado de la acusación privada, maître Vergemont, cuando preguntó al acusado:

—¿Conoció usted a la víctima a través del señor Mustafá?
A lo que el acusado respondió no en principio, por no involucrar al egipcio.
—Era vecino del barrio. Ya lo he manifestado.
—Pero lo que te decía paisa, insistió Gabi. Si no quieres el candado serás el único mosquetero sin él. Jules y Cloe ya lo tienen. Hay también candados para llevar en el collar. Tus amigos ya lo tienen. El candado es hoy como el collar de la Reina. Serás el único sin amor en este puerto. Es el sueño de una noche de verano.

—Mi candado lo quieren todos Mäel, ponen sus nombres en él y tiran la llave. Y no lo pueden volver a abrir, abría los ojos Gabi. Tiene que ser así. Porque "los candados del amor" que me quitan de las manos, no son como mi cofre. En mi cofre el tesoro está dentro, ya ves. Pero en los candados que yo vendo el tesoro está fuera. Mírame Mäel, dijo Mustafá. Los egipcios decimos que quien no comprende una mirada no comprenderá una larga explicación.

—Tu verás.
—Oye Gabi. ¿Por qué decidiste alquilar un bouquin?
—Ahhjjjaaa
—Porque se necesita un punto de apoyo para mover tu mundo.
—¿Cual?
— La infancia. Y luego la biología, desde la que tienes que resolver lo que va llegando.
—Y Mäel, después de pasar un rato revolviendo, terminó llevándose el candado Ismael—Piscis, lo más parecido a su pretensión.
—Chukran paisa.

El candado de Mustafá tendría luego un protagonismo inesperado en el juicio porque varios de los asistentes llevarían el suyo propio y uno de ellos sería recogido en la escena del crimen.

Capítulo 6

La noche de la fiesta

La noche de la fiesta, una hora después de abrir, llegó al Tabou un hombre con una chaqueta azul marino y un pañuelo blanco en el bolsillo superior izquierdo, que parecía esperar a alguien.

Todas las puertas del local estaban abiertas pero controladas, incluidas las de los patios de luces traseros. Después de entregar su invitación, recorrió el local en busca de una buena mesa hacia el fondo de la sala, donde fue atendido enseguida por Mäel. Pidió un cardhú sin hielo y se sentó sólo en uno de los sofás blancos, en un extremo de la sala, detrás de unas preciosas palmeras de interior que junto a los ventiladores, los viejos muebles, las violetas africanas y las lámparas de las mesas daban a la sala un aire colonial. Entrar al Tabou era como hacer un viaje exótico que a esa hora todavía conservaba dentro del local el frescor que proporcionaban los ventiladores de aspa, la vegetación de la decoración y el aire acondicionado.

Aquel hombre levantó la mirada para hacer un barrido de la visión de local que podía alcanzar desde allí. Sacó un bolígrafo del bolso derecho de la chaqueta y se puso a hacer anotaciones en una servilleta, como si estuviera esperando a alguien. Acto seguido vino a sentarse en la mesa de al lado un grupo de siete u ocho jóvenes dando voces y risotadas, cosa que no me agradó, porque aquel hombre era yo.

A esa hora aquellos jóvenes camareros no paraban y ya llevaba media papalina. A través de los chicles colocados en el café se oía el despegue de los corchos del champán que salían despedidos como cohetes y se veía el líquido rebosando las copas con un millón de animadas burbujas que comenzaban a alegrar la fiesta.

Se oía la voz espídica de Mäel: "Marchando un cardhu!" le gritaba a Martin que detrás de la barra aguardaba que cayese el chorro de las botellas y alargaba el brazo para encestar lo mismo los hielos que los limones, las naranjas o melocotones. El Bellini, ¡con melocotón collègue! insistía Mäel, mientras se desbordaba el champán.

— Melocotón el que llevas tú ya, cotestó Martin.
—"Pero yo controlaba", diría Mäel durante las declaraciones del juicio "Trois par deux y yo controlando". Yo controlaba...explicó al Tribunal. "Aquel tío del pañuelo y el Cardhu, diría refiriéndose a mí, parecía raro. Tenía amigos en la fiesta que se acercaban y luego le dejaban sólo. Yo no estaba pa muchas "lucubraciones" de esas pero aquel tío del cardhu, tenía pinta de capo de algo. Se refería a mi.
—"Dame un cardhu para el tío aquel del pañuelo, le pedí a Martin. Tiene pinta de pez gordo de la cocaína, recuerdo haberle dicho".

"Le serví a aquel hombre su cardhu con unos frutos secos, prosiguió Mäel su declaración. Aquello se estaba llenando, no dábamos abasto con todos aquellos finolis, y por lo que pudiera pasar cada vez que volvía a la barra después de servir una comanda, si, es verdad, me "comisionaba" un lingotazo de vodka con naranja. Me encontraba como en mis mejores tiempos".

—¡Como soldados os quierp, gritaba Martin desde detrás de la barra! ¡Al que vea con un móvil se va y no vuelve! ¡Mäel, me gritó, la caja no va! Al principio recogíamos y limpiabamos todo escrupulosamente con el protocolo covid, y cuando no descorchábamos botellas de champán caro, tomábamos comandas, preparábamos bellinis y daiquiris, o sacábamos a los cargantes fuera del local a tomar el aire. Arreglé el programa de la caja, que no iba, y no paraba. Yo era uno de los que más trabajaba, aparte de descorchar botellas champán y bellinis, sirviendo sobre todo gin—Fizz y dejavúes, al principio incluso con sombrillas y bengalas. A medida que avanzaba la noche iban surgiendo problemas y faltosos, y los organizadores todos, no sólo yo, nos largábamos de vez en cuando un lingotazo de comisión. Nadie queria irse, ni siquiera coger el metro antes de que cerrase a las dos de la mañana. ¡Había una marcha! Ya se veía que la cosa iba a estar animada.

"Después de un tiempo se acercó a la mesa del tío del cardhu un femme rouge trés Jolie que le ofreció un hojaldre de anchoa, le saludó un momento y se fue. Le oí decir, "After a while cocodrile"! No muy alta, así como yo, pero guiri, porque fui detrás de ella con la bandeja entre toda aquella melée y oí que alguien la llamaba Celarié".

"A mi me daba que aquel mecque del pañuelo iba a darnos problemas con lo de la cocaina y eso. Me fijé que se levantaba hacia la mesa de al lado y les decía algo a unos colegas del hospi. Pero aquel vodka con naranja estaba fuerte y quizás me estaba montando una peli yo sólo". Y lo que decía Mäel en su declaración era cierto. Pero sólo en parte.

En realidad, como jefe del operativo desplegado en el Tabou, yo ya había pasado a la mesa de los molestos voceros buscando que bajaran un poco la voz y al tiempo confundirme con el medio. Acabé sentado con ellos, sin distraerme un momento mirando por el retrovisor. Algunos, como Elisabetta Mascarella, la italiana que declararía en el juicio aquello de "si lo llego a saber no hubiera ido", eran sanitarios simpáticos compañeros de Martin y Mäel en Salpêtriere. Hilaban su conservación con una competición de anécdotas que cada vez subía más el listón y la voz.

En ese momento entraba en el local, el moderador de Rue Madame, Rasul Cheriff, vestido de traje blanco y sombrero lo que unido a su tez morena mediterránea y su aire enigmático terminaba de dar al local la ambientación pretendida y a nosotros la preocupación de sus auténticas intenciones. Rasul había entrado en el local aparentando imperturbabilidad pero su mirada buscaba a Cloe que, al verlo, refrendó con una sonrisa mal disimulada la satisfacción por su llegada. Ordené a Celarié de la DGSI, que no se separase de él.

Bajita, inquieta, no tenía pelos en la lengua, Celarié, "une fille rouge avec personalitté", dijeron los de la DGSE. "Avec personalitté difficile plutôt", dije yo. Ella es como es. No sabía que en un barrido había interceptado su transmisor mientras hablaba por su móvil privado con una amiga:

"Estoy hasta los pelos del virginiano éste". Que si la información salva vidas. ¡O las mata, no te jo..! Que si el silencio es oro. Que si come on, Lets go Depeche vous, Dommage, vaya, vuelva, entre, salga, psssss, silencio, calle por favor Celarié, todo siempre con voz de caverna, alerta, y siempre era para antes o para después. Con "el virginiano" nunca es el tempo correcto. Este tuareg es como el dromedario de Zenobia, incapaz de una palabra amable."

Celarié, de la DGSI, Seguridad Interior francesa, estaba aún en la veintena, pedía reconocimiento y yo no tenía tiempo para dárselo. Era verdad. Otros como Jacqueline, de la DGSR, inteligencia exterior y yo mismo, veníamos del desierto, donde los sonidos llegan antes que la visión. Pero al menos aquella diatriba contra mi, su jefe, era señal de indisciplina a a considerar pero también de que a Celarié le importaba su labor. Celarié tenía el descaro pronto de la juventud. Jaqueline, el descaro sopesado de la experiencia.

A Rasul le habíamos seguido durante las semanas previas. Lo más relevante para nosotros es que había coincidido en Londres en un acto sobre la guerra de Siria con Akram Wahab y Fahed Kadhid, dos de los fantasmas que perseguíamos. Pero llevaba tiempo en Paris. Según el MI—6 británico, Rasul Cherif había vivido en Oxford una experiencia que él decía "imborrable" como estudiante. Le gustaba el té, las series de tv inglesas, el fútbol inglés y ganar a los de Cambridge en lo que fuera. Pero dejando a salvo estas excepciones y su doctorado en Humanidades, en casi todo lo demás, era francófilo. También "le regalamos" un par de zapatos de Praga. En la mesa de al lado, una joven muy lista con ojos bonitos que saludó a Rasul el tunecino, le dijo luego, que el egoismo era como el sentido común pero al revés. Nadie reconoce el suyo.

A diferencia de Rasul, yo había llegado al "Tabou" por casualidades del destino. Conocía de todo lo referido hasta ahora a través de los barridos, las escuchas, los seguimientos y los informes detallados de mis colaboradores durante un par de meses, hasta que finalmente la información de los alemanes y "el Vigiparate" motivaron mi presencia en el local. Where ever you go, there you are!

Después de haber sido destinado durante los últimos cuatro años en la base de Camp Bastión, en Afganistán, la última en ser desmantelada, fui enviado dentro del programa "Echelon", —colaboración EEUU—UK— junto a otros compañeros norteamericanos y gran parte del material, de regreso al Reino Unido. Y de allí, sólo dos años después, destinado por mis superiores a París, tras recibir clases intensivas y aceleradas de un francés descuidado. Pero París vale todo. Misas, clases, incluso apartamentos caros y ruidosos en el barrio latino.

De todo eso habían pasado ya cuatro años. Y ahora, paradójicamente, estaba en la ciudad de la luz, con la mujer que irradiaba más luz, formando parte de un grupo invisible que perseguía a otros grupos invisibles.

Conocí a Marion en España en 2017, durante una fiesta en el British Council en el precioso edificio de la Calle General Martinez Campos, en Madrid, junto al no menos precioso Museo Sorolla. Después de un briefing se acercó:

—¿Parlez vouz français?
— Je me debrouille come meme!, contesté.
—¿Ha visitado usted el Museo de Sorolla? A ne pas manquer.

A partir de ahí ya sólo entendí sus ojos, porque mi español era muy básico.
—Allí encontrará la luz.
—Sí, ya la veo.
—Le será útil cuando se quede a oscuras por esos mundos de Dios,

por donde usted anda, me dijo sonriendo.

—Lo haré con gusto si me acompaña al Museo, porque me pierdo con cierta frecuencia.

—Y fuimos.

—Y lo vimos.

—Y desde entonces, todo lo demás.

—Y sigo celebrando las dos cosas.

Ella era traductora de francés para el British Council y volví a verla por casualidad durante un seguimiento que tuvimos que hacer en Madrid en 2018 dentro de la colaboración antiterrorista Cia—Europol, en el café de los Espejos una preciosa cafetería acristalada del paseo madrileño de Recoletos.

Necesitábamos traducir unas llamadas que los españoles habían interceptado de un miembro de Alquaeda. Su labor fue determinante en la intervención y en los interrogatorios porque era un francés muy particular lleno de voces y ruido. Al mes siguiente quedamos en vernos en Paris. Y hasta hoy.

———————

Aquel sábado 21 de junio, día de la música, era el primero de los dos libres que me había tomado después de una semana muy ajetreada que nos tuvo pendientes de mandatarios internacionales en Matignon y el Eliseo.

Hacía una tarde maravillosa. Fuimos al museo de la vieja estación y dimos un paseo por el Sena hasta cruzar a través del Pont Neuf a la île de la Cité. Recuerdo que Marion hablaba de un tema que yo encontré apasionante "la honestidad del artista". Después de recorrer la isla que dio origen a la ciudad nos sentamos en una terraza donde tomamos café y compartimos un helado de Mandarina de los mejores de Paris. Volvimos por el Quai des orfevres hasta la plaza de Vert Galant a ver como otras veces la estatua de Henri IV y al llegar a "la proa" de la isla, al superar la ancha sombra del sauce llorón nos deslumbraron los reflejos del sol en el agua y con las risas no faltó mucho para que cayésemos. Nos remangamos y colgamos las piernas del muelle como los jóvenes. El entusiasmo, el estímulo, la ilusión, la incitación, nos mantenían jóvenes. Con heridas, achaques o averías, pero jóvenes. Tan jóvenes que bromeando, en una des estas se me escapó su brazo y, esta vez sí, Marion cayó al Sena. Después del susto y comprobando que sabia nadar y no tenía problema alguno para mantenerse a flote, bajé rápidamente a recogerla en el primer embarcadero. Estaba fresca, dijo.. chorreaba pero se reía.

Después del susto y el cabreo inicial pasamos luego un rato "memorable" riéndonos y diciendo tonterías remangados los pantalones y colgadas las piernas del muelle mientras se ponía el sol en el Sena. Quizás por la lucidez del agua fría me preguntó algo que me dejó helado a mí.

—¿Tienes algún problema que te atormente, me dijo?
—No, ¿por qué?
—Bueno, creo que es importante. Porque el amor no es la solución a un problema. Cuando se siente, te desborda para bien. Y punto. Otra cosa es el capricho, la utilidad o el remedio para suplir un deseo o una carencia.

Con el eco de aquellas enigmáticas palabras de Marion en el cerebro nos levantamos de aquel muelle no sin alguna dificultad en los nuestros y corrimos rápidamente a comprar ropa seca. Unos pantalones cortos y una camiseta. Entramos en la librería "Shakespeare and company" en el Barrio Latino que aún estaba abierta y allí compramos otra, con la frase del poema de sus escaleras, que luego citaré.

—Recuperado el resuello y secado el pelo con una toalla que no recuerdo de donde salió ¡Qué bien que ahora no tengas que viajar tanto! Dijo Marion.

—Sí, es enriquecedor, pero cansa ya un poco ir de aquí para allá. Desde el principio Marion sabía ya que desaparecería por temporadas, pero ella pensaba que yo trabajaba para distintos Ministerios.

—Mira, me dijo en la librería: Siempre vengo aquí cuando andas por esos mundos de Dios a leer esos versos de Hafiz, el poeta iraní, que ves escritos bajo los peldaños de la escalera. "I wish I could show, when you are lonely or in darkness, the astonishing light of your own being". Quisiera que cuando te sientas sólo o apagado pudieras ver la increíble luz de tu propio ser. Era la misma frase que veía serigrafiada en la camiseta que compró..

Después de disfrutar una hora viendo libros al final me decidí por un desafío, una versión inglesa de "Vouyage au but de la noit," de Céline. Toda me parecieron luego premoniciones.

De allí, tras un breve paso por mi apartamento, nos fuimos a cenar a la Tour d'argent, el restaurante más antiguo de Paris, donde Didier nos tenía reservada una mesa con vistas espectaculares del

Sena y Notre—Dame. Nada más asomarme al salón, reconocí a un PDG de Citroen, un director musical de la Bastilla, algún alto cargo del Gobierno de Macron y algunos turistas americanos, españoles y japoneses. Pero cuando llegó el pato a la sangre desconecté de mi deformación profesional de escanear todos los sitios adonde voy.

—Señor, un gusto volverles a ver por aquí, nos recibió Didier. Un camarero de origen sirio, que llevaba más de veinte años en Paris, encantador y excelente profesional, sin servilismos.
—¿Qué tal sus hijos, preguntó Marion?
— Estudiando, dicen…
—Avíseme cuando terminen…con que salgan la mitad de trabajadores que el padre será suficiente, le dije…

El mantel de tela, la mesa con las velas, las flores blancas, las lámparas de pared con pantallas pequeñas que aún con luz natural daban al comedor a las ocho de la tarde un ambiente acogedor, el sonido del corcho de la botella de champán francés, la cubertería de plata, el pan y la mantequilla de rigor a la espera de la especialidad de la casa.

Marion y el Sena al dividirse en la isla de Saint Louis tras la cristalera aquella noche extraordinaria de Junio con las luces de los Bateaux Mousse reflejandose en el agua, aún con la herida de Nôtre Dame, es uno de mis mejores y más vivos recuerdos, uno de las que, cuando me paro pensarlo, y a veces incluso sin pensarlo, me vienen a la mente. A veces la felicidad pasa casi desapercibida. Por si acaso le hice incluso un par de fotos. A ne pas manquer.

Paris es un escenario recreado por la actividad económica y la creatividad de cada generación. Y de quienes la habitan o visitan. Y se veía que después de las desgracias pasadas, y las por venir, Paris estaba otra vez ansiosa de que volviese todo el mundo.

Una mesa junto a la cristalera aquella noche en La Tour d'argent vestidos para la ocasión, los candelabros de tres, cinco y hasta siete brazos. Marion de negro espectacular, el Sena y yo. No ibamos todos los días pero después del rancho que nos daban en Camp Bastion teníamos la necesidad y yo creo que el derecho de resarcirnos.

—Hacía tiempo que deseaba este momento, dijo Marion.
—Páralo, si puedes.
—¿No estás cansado de andar metido en todos esos líos por esos mundos de Dios?, me preguntó?
—Un poco sí.
—Pero siempre nos quedará el resto del mundo, porque Paris ya lo tenemos.
—¿Te compensa?
—Paris y tu sois la recompensa.

Aquella noche en la Tour d'argent hablábamos de planes mientras cenábamos, cuando sonó el móvil. Marion suspiró antes de que lo cogiera. Lo de la interrupción sucedía a menudo. Pero esta vez tenía que irme de inmediato. Era un "Vigiparate", una amenaza de atentado inminente. Habían sido activados los Protocolos antiterroristas con amenaza elevada. Después de Bataclan había ocurrido sólo en otra ocasión.

Medidas, que abarcaban 13 ámbitos de actuación: alerta, protección de concentraciones humanas, edificios de valor simbólico, protección de instalaciones industriales del sector químico, hidrocarburos o nuclear, ciberseguridad, salud, comunicaciones, agua, electricidad, y gas, fronteras, residentes e intereses franceses en el extranjero, etc… Así hasta trescientas. ¡Un tinglado de muy señor mio!

Marion no estaba aún acostumbrada, pero casi. La noche era tan maravillosa que ella no pudo evitar torcer el gesto. Cuando se enfada no sé si prefiero quedarme a fregar en casa o salir a una operación antiterrorista.

Había sido una tarde de esas que quedan grabadas en la retina y luego en el disco duro de la caprichosa memoria que selecciona instantáneas por extraños bioquímicos, emocionales o sabe dios cuales.

Sin embargo, durante la cena, noté en Marion una ligera inquietud no del todo bien disimulada que no había visto nunca y que se acrecentó con el Vigiparate. Mientras terminaba el postre, usó el móvil por dos veces bajo la servilleta por primera vez aquella tarde—noche. Pero en el momento, lo atribuí al enésimo chafe de nuestros planes.

Cuando salí de La Tour ya se veían las luces de los Batteaux Mouche reflejadas en el Sena y demás compañias que navegan el Sena con turistas. Me reuní en una café de Quartier Latin, con los compañeros que había puesto a nuestra disposición la DGSE y DGSI. Me llevaba bien con los franceses. Acababan de crear la Academia europea de inteligencia, apoyada por treinta agencias internacionales. Pero ellos, con ocho Servicios de inteligencia, empezando por la DGSE, pretenden algo muy difícil. Unificar la cultura profesional de inteligencia, los modos de proceder tan particulares de las agentes de los diferentes servicios.

Siempre me resisto a utilizar la palabra "inteligencia", salvo para abreviar, porque en los avisperos donde solemos meternos, los que se rebelan contra el poder establecido suelen desarrollar estrategias más elaboradas que los que defienden el status quo.

Nosotros, los de Langley Virginia, también tenemos diferentes agencias con los problemas de coordinación inevitables, como los que tuve ocasión de vivir en Afganistán. Antes de llegar a Virginia, con poco más de veinte años, no había salido de los States. En realidad en cincuenta millas a la redonda, a comprar el pan y el periódico en grandes superficies. Precisamente en un periódico leí un día mientras desayunaba un anuncio y ahí se lió todo.

Capítulo 7
De cómo llegué al Tabou.

Salvo el compañerismo, el aire acondicionado de las tiendas y las vidas recuperadas en los quirófanos, poco se puede salvar de Camp Bastion. Bueno, la máquina de café quizás y las clases para el adiestramiento que dábamos a los afganos. Entre ellos, Naqueb Khan. Aquel era un mundo de hombres diferentes y nombres parecidos.

Salvo el del príncipe Harry, claro, que estaba allí en el UK Medical Group, aquel hospitalillo de las tres banderas, UK, EEUU y Denmark el día de aquella ofensiva de 2012, aunque a él no le afectó ni peligró su integridad en ningún momento.

En aquella operación ví que la vida, como los terroristas entre aquellas montañas, es muy difícil de aprehender, y se nos escapa.

Ese día conocí a Naqueb en los quirófanos de Camp bastión donde fuimos llevados el mismo dia, tras la ofensiva talibán en la que primero llegó el sonido de la metralla de los morteros y luego sus siluetas. Hubo dos bajas y aunque al principio puse algunas pegas pidiendo a gritos las credenciales a quien aseguraba ser el cirujano, tras una breve intervención nos sacaron a Naqueb y a mi a aquella especie de UVI con dos horas aproximadamente de diferencia. Era veinte años mayor y tardaron en sacarlo adelante un poco más.

La Sala del Palacio de Justicia de Paris me recordó aquel quirófano de campaña. Los cirujanos eran los jueces y yo el acusado de haberme metido donde no debía. En Oriente medio y en el Tabou.

Naqueb me ayudó mucho. Incluso después de muerto. El banquillo del acusado era la mesa de operaciones donde los cirujanos del derecho trataban de sacar las vísceras de los sucedido en el Yabou. Sin conocer a la víctima ni al acusado. Ni sus antecedentes ni las circunstancias. No son los hechos, es cierto, pero sin las circunstancias no hay enjuiciamiento cabal. Antes de que lo haga por su cuenta el tiempo.

—¿Ingles? Me preguntó Naqueb al despertar en la UVI de Camp Bastion.

—No. americano, respondí. ¿Cómo has venido a parar aquí?

—Ya sabe, primero te anuncian el destino, luego la ocasión de ganar dinero. Y lo último de todo, los peligros.

Sonrió. Las heridas y las montañas le avejentaban y parecía mayor de lo que en realidad era.

—Pero los tuyos están en Bagram!, me dijo refiriéndose a la base norteamericana a 70 kms de Kabul.

—Sí, yo estoy aquí bien con mis primos ingleses, contesté. Lógicamente no le hablé entonces de "Echelon", ni del ABC ni de nada.

En aquella tienda improvisada para cuidados intensivos donde escaseaban los respiradores y las botellas de oxígeno y sobraban estantes vacíos estuvimos varios días junto a dos militares daneses y uno polaco. Al principio me cargaba un poco su cháchara. Pero luego me contó en "su inglés", que era mejor que mi afgano y mi pastún, que ya había tomado parte en la "operación Ciclón" cuando tratábamos de reclutar muyahidines frente a la invasión soviética. Y me habló largo tiempo del coronel Mashud que era apuesto y carismático como un héroe de Hollywood.

—Disculpa mis historias, me dijo, pero "la narración es lo mejor para el dolor". Aparte del frío y el calor. La cuestión es escoger la mejor en cada momento. Y tiene la ventaja sobre la morfina que puede servir tanto para dormir como para lo contrario. Y tenía razón. Aquellos episodios de Naqueb en aquellas montañas, eran el mejor analgésico.

Separados del exterior por unas ligeras cortinas que sólo de noche protegían del sol, relataba historias de la cruzada contra el terror, la metralla que le había alcanzado, sus reticencias para subir al helicóptero, el miedo que pasaba, los misiles tierra aire que habían logrado evitar mientras volaban hacia el sur, a Kandahar, el bastión de los talibanes, desde Bagram, la base de EEUU al noreste de país, a 70 kms de Kabul, muy cerca de Pakistán, lo que resultaría más tarde esencial para alcanzar a Bin Laden en Abottabad.

Después de salir de aquel hospitalillo volví a verle ya vestido con su impacable uniforme militar, su poblada barba negra arreglada, su ayudante, algo más delgado y alto y sus consideraciones. Eran medallas como las que llevaban los miembros del Tribunal. Igual que los Magistrados de Paris, Naqueb llevaba dos medallas en cada pechera durante las reuniones para la entrega de material que se convocaban con relativa frecuencia. No lejos del rio Helman que recorre Afganistán desde cerca de Kabul, a lo largo de 1300 kms, traté con él temas de suministros. Y cuando los asesores militares planteaban cuestiones civiles solía decir que las instituciones pueden copiarse pero no trasplantarse sin tener en cuenta la tierra donde van a re-plantarse y el abono que se va utilizar.

Las cicatrices y el calor sofocante no iban a ser el único recuerdo de aquella naturaleza inhóspita. Pero en algún momento de la ratonera oscura en que se convirtió el Tabou, y luego durante las sesiones del juicio recordé recorridos ante la majestuosidad de las montañas nevadas afganas del Kindu Kush y la claridad deslumbrante del desierto. Los dos paisajes.

Aquel pueblo de la montaña entre aquellos turbantes coloridos protegidos del sol abrasador, donde nos ofrecieron lo mejor de cuanto tenían porque las visitas de seres tan lejanos era para ellos un regalo. Habían sido admiradores de Massud, cuando combatió "contra la invasión soviética", "no contra los soviéticos", puntualizó el líder de aquella gente.

Cuando acudió a despedirnos a Bagram cuatro años después, Naqueb tenía buen aspecto salvo algunas secuelas que ya no se sabía si eran de la guerra o de la edad. Pero debajo de su turbante de señor de la guerra, el rostro del coronel afgano que nos había facilitado tanto las cosas en un entorno tan hostil, y al que tuve ocasión de facilitar Humeels, vehiculos blindados, camionetas de combate, y diverso armamento en momentos muy difíciles para su comunidad, no podía impedir que trasluciera el cansancio que no quería dejar ver.

Con 34 provincias, y un sinfín de etnias, pastunes, como ellos, tayikos, uzbekos, hazaras, baluchis, turkomanos, kisguises, pashais, árabes, afganos…etc, explicaba Naqueb, Afganistán siempre había sido un territorio caótico y amortiguador entre el imperio ruso en expansión y la India británica.

Y el problema de pueblos como el nuestro, me decía, mientras salpicaba al hablar su barba con la saliva, es que nadie quiere ceder siquiera un ápice, ni someterse a ninguna autoridad tan sólo lo necesario para lograr con la unión una fuerza mayor, ni siquiera a la legítima.

Y sentenció: —Cuando os hayáis ido todos, los talibanes volverán. Y sólo nos quedará el Pansir, el valle rebelde de Mashud. Alguna vez nos tocará tener que ser fuertes. Y lo seremos.

Estaba lúcido y no había perdido la memoria pero sí la capacidad de hilvanar algunos recuerdos. Lo último que me dijo antes de desperdirnos fue: Que dios prospere tus ansias.

Su mujer mucho mas joven, no decía ni escribía nunca su nombre, ni siquiera en las recetas para el médico. No tenia identidad. Para Naqueb Khan, pastún, y sus parientes, esos hábitos sencillos de la cotidianeidad de su mujer podían ser, en su entorno, una ofensa para su familia, como el maquillaje y la ropa moderna. A pesar de la diferencia abisal entre Kabul y el Tabou, encontramos algo, siquiera nimio, que los asemejaba. Ni en el Tabou ni en Kabul se oían los tacones de las mujeres. En el primero, por el volumen de la música y porque sólo escuchábamos "los zapatos de Praga". En Kabul, porque se entiende que pueden excitar los deseos de los hombres.

He sabido recientemente con tristeza que a la muerte del gran Naqueb, en una ofensiva talibán, Amira, que así se llamaba su mujer, había dejado su país y vivía ahora en Londres con sus dos hijos Kahil y Zafir.

Había dejado la etapa de mis excesos, que me habían costado expedientes y traslados que alguna vez recordé entre las bromas y blasfemias que empleamos allí para exorcizar las tensiones y los miedos de la guerra. El resto, el polvo del desierto, las cuevas, desfiladeros y emboscadas libradas con apoyo aéreo, la milicia de Naqueb, las pick—ups, las mulas y los caballos con los que tratábamos de cortarles el suministro a los talibanes, se parecían a las películas de John Wayne que en una pequeña tele nos ponían en aquella UVI de juguete de Camp Bastion para distraer el dolor. Y lo conseguía casi mejor que la morfina. Pero echaba siempre de menos a Lawrence de Arabia.

En el viaje de vuelta, en uno de aquellos C—130, estaba lejos de imaginar que después de aquella estancia en campo abierto, en medio de lo que Alejandro Magno llamó el desierto de la muerte, iba a acabar persiguiendo el terror entre las calles de una gran ciudad europea. La nuestra es una labor que en las películas a menudo se compara a la de los diplomáticos, pero en realidad tiene más que ver con psiquiatras y bomberos. Es de locos y quema mucho. Como dice Thierry, somos un grupo de fantasmas persiguiendo hombres invisibles. Así fue como, sin imaginarlo, llegué a Paris huyendo de los espejismos del inhóspito desierto para perseguir fantasmas por la gran ciudad. Era curioso. Había estado en el lugar a donde los fantasmas llegaban y al final, fui a parar al lugar de donde salían. O eso creía.

— Easy peasy!, pensaba yo entonces.

Apenas dos meses después de la fiesta del Tabou cuyos antecedentes trato de relatar, los americanos abandonaríamos precipitadamente Agfanistán y se produciría la vuelta de los Talibanes profetizada por Naqueb Khan.

Capítulo 8

El periplo de Oberón

Tampoco imaginaba que aquella plácida noche de Junio cenando con Marion al borde del Sena, podia acabar con un "Vigiparate". La inteligencia alemana, a través de su agencia exterior, había advertido de la probable presencia esa misma noche de una célula durmiente de Al Nusra, la rama siria de Alquaeda, en un local inaugurado ese mismo día en Saint Germain, Paris.

En concreto, dos primos, Akram Wahhab y Fahed Kâhid, a los que habíamos perdido la pista en Londres. —"Le loup est dans la bergerie", El lobo está en el corral, dijeron desde la DGSE francesa, especialmente sensible desde Bataclán. Pero Fahed de natural autoritario y agresivo, resultó no ser un lobo sino un leopardo, como su nombre indicaba, que se había comido muchos lobos. De él contaban que le brillaba la cara cuando repartía fondos por organizaciones, tanto de caridad como yihadistas, donde era temido.

"La fiesta del Tabou" había sido organizada por un grupo de jóvenes de Rue Madame al que veníamos siguiendo desde que se habían puesto en contacto con los sirios a través de su contable, Oberón Duboise, con el fin de conseguir financiación. Alguien por orden de Dubois, había dejado dos DVD en el bouquin de Gabi Mustafá en el Quai Malaquais para depositarlos por un tiempo y que no fuesen encontrados en sus manos, supuse yo.

La del Tabou era una ocasión que a los sirios les permitiría promocionar "viajes a Oriente próximo" pero que, según nuestros informantes, podía ser una actividad de simple y llano reclutamiento. Evidentemente era un TPI, "Tema de principal interés", pero no podíamos revelar nuestras "lineas de producción", porque dejarían de confiar en nosotros. De los 30.000 yihadistas "extranjeros" que había en Siria, 4.000 eran europeos, entre ellos por supuesto, buscavidas, gente con diversas patologías, o inmigrantes de segunda o tercera generación. A los elegidos que entraban a formar parte de "l'Aminyyin", el servicio secreto que decidieron crear los yihadistas, los llamaban "la Gestapo".

Alguien por orden de Dubois había dejado, con ese fin, unos DVD en el bouquin, con el fin de hacer llegar a los jóvenes una oferta de financiación.

Durante el juicio Gabi Mustafá declararía que no supo "en ningún momento" que le había dejado esos DVD con imágenes de campos de entrenamiento.

—¿Por qué le dejó Dubois a usted en el bouquin los DVD? preguntó Dumas, ante la cara de asombro de su defendido.

Si Oberon Dubois no hubiese viajado a Oriente Medio, quizás no se hubiera escrito esta historia. Además de vecino de Mäel, era asesor fiscal y llevaba los papeles a los Sirios. Codicioso y sin escrúpulos obtenía cada vez mayores ingresos que le proporcionaba del mundo de la droga, la extorsión y el crimen organizado, pero también de los mercados que se iban abriendo con el aprendizaje que le proporcionaba su clientela.

Acostumbrado a hacer viajes exóticos y meterse en todos los fregaos con agencias no convencionales, poco antes de los disturbios que precedieron a la guerra en 2010, fue a parar a Petra (Jordania) y luego a Siria, donde visitó Alepo, Palmira y Homs, bastión de la rebelión. Allí, a través del conserje de un hotel y luego de una guía de la excursión fue a contactar con "Al Nusra", en Palmira. Y a través de la organización con "nuestros extraños", Akram y Fahed. Palmira sería capturada por el Daesh el 21 de mayo de 2015 y liberada posteriormente por el régimen de All Assad en 2017.

Entre las medidas de seguridad y las formas rituales del Palacio de Justicia de Paris no hacia falta ser acusado para sentirse constreñido por los rituales de una justicia que a veces rechazaba los matices y los detalles. No hacía falta ser acusado para sentirse asfixiado. Como insistía Dumas, tampoco es fácil ser justo. Es más fácil no serlo.

Durante "el juicio del Tabou" las referencias a "las amistades peligrosas" de la víctima que hizo la abogada de la defensa, produjo en mi la reminiscencia de aquellas misiones encomendadas por la agencia en Oriente Próximo, más peligrosas sin duda pero, de alguna manera, más libres tambien.

De aquel contacto inicial de Oberón con los sirios tuvimos conocimiento gracias a Nora Alzubi, una agente turca delgada pero fibrosa, minuciosa y muy eficaz, con sede en la base aérea de Incirlick (Turquía), a la que yo conocería más tarde en Alepo. Fue ella la que mejr describiría la oronda volumetría de Oberón deambulando por Damasco y sus voces en sitios públicos, aunque fueran en francés,

De Oberón me contaría más tarde que, deambulando su oronda volumetría por Damasco y sus voces en sitios públicos aunque fuera en francés, los empleados de los hoteles y restaurantes lo confundían con los agregados militares que los rusos iban sustituyendo cada cierto tiempo. Si oía que alguien hablaba francés allá iba a entrometerse. Daba igual de lo que hablasen. Si alguien hablaba de conflicto, de armamento o de flores de interior, allá iba a dejar claro su experiencia en el sector, en la industria o en el gremio. Aunque fuera de oídas.

Durante aquel viaje Oberon fue a parar a Homs, ciudad entonces, de verdes alrededores, elevados edificios y bonitos parques y jardines, desaparecidos todos tras la guerra. Bastión de la rebelión, Homs quedó devastada en 2012 con los bombardeos del régimen sirio contra la insurgencia que sólo cesaron con la intervención de la ONU. Cuando la visité más tarde, Homs era un cementerio sin tapiar.

Allí se reunió Oberón Dubois antes de que estallara la guerra, junto a la plaza del Reloj Antiguo, con un individuo afable que apenas hablaba francés, lo que obligó a Dubois a aprender algunas palabras en árabe. Hola, adiós, aquí, allí, etc.. Gracias no lo aprendió porque no lo utilizaba. Se dirigieron a un local de la calle Hama donde había rebeldes comiendo con las armas tranquilamente apoyadas en las azulejos blancos de las paredes. Para asombro de su comensal, Oberón, al que todo le caía por la comisura de los labios comió dos crepes de kibben relleno con carne molida de cordero que no le supieron a nada, pero viendo que en otra mesa lo ponían al horno, detuvo las idas y venidas de un camarero para señalar aquello con el dedo y después de limpiarse la boca con el antebrazo siguió pidiendo lo que iba viendo, empanada siria, habas y leche con galletas de sésamo, etc... Lo probaba todo, hasta que le hicieron ver que habían terminado y el dueño ayudó a levantar a Dubois de la mesa, torpe, atiborrado y chorreante de sudor.

Una vez cebado, el contacto le invitó a una reunión y le subió a un viejo Lada gris conduciéndole con los ojos vendados. ¿Por qué la venda? ¿Es un secuestro?, usted no sabe con quien está hablando, se resistía Oberon. Dos hombres muy importantes desean verle.

Aquel hombre le condujo hasta un lugar decadente, pero útil para su finalidad, donde había unos baños en los que se relajaban dos hombres. Uno un poco más joven que el otro. El cuerpo de Oberón entró en el agua formando olas y desalojando con su volumen casi la mitad de aquella pequeña piscina. Después de saludar le ofrecieron una cachimba de la que luego no se despegó. Pero después de comprobar que no era intermediario de armas ni tenía relevancia política que pudiese serles de utilidad, Oberón fue metido sin contemplaciones en el maletero de un Lada que debia ser un infierno y depositado en el primer autobús que le llevaría a la frontera por un grupo de insurgentes. Sin embargo, más tarde volvería a resultarles de utilidad en Paris.

A la vuelta de aquel viaje, en Paris, él mismo en persona se presentaba en comercios y despachos ofreciendo sus servicios de una manera insistente hasta llegar a la extorsión y en algunos casos la amenaza. Como en el caso de los bouquinistas de la rive gauche a los que denunciaba si no le confiaban sus impuestos. Así comenzó a merodear a principios del 2021 por el salon de actos de la Residencia de Rue Madame. A pesar de que lo teníamos localizado, desde que desde la Central ordenaran a Nora Alzubi su seguimiento durante su viaje por Oriente Medio, no se le prestó excesiva importancia porque no volvió a tener conexión con los sirios hasta poco antes de la fiesta. Volvimos a tener noticias de Oberón Dubois meses ante de la apertura del "Tabou". Él fue él quien organizó la cita de Orsay.

Oberón era una especie de Pavarotti que siempre daba voces, pero sin música. El hombre inmenso, senderista los domingos, "el Rey de los humos", como se hacía llamar, cuyas impertinencias y malos modos a veces pretendían distraer de asuntos más importantes. Alto y pesado como un armario, todo él cansino, Dubois no era el que se alarga porque su hablar le sana y no se da cuenta. Ni siquiera el que habla más de lo debido porque su oyente, primero reclama ser entretenido y luego se queja por ello, sino el cargante bebido que empieza a faltar y no tiene límites. El que ni siquiera intuye, ni siquiera atisba, el efecto de su diatriba en un escuchante desesperado. Un hombre con todas laspapeletas para ser manipulado.

Capítulo 9

Por Afganistán y Siria, hasta llegar al Tabou.

Durante mi estancia en Camp Bastion nuestro trabajo se centraba en la rama de Alquaeda en Afganistán, en los herederos de Bin Laden y Al Zawahiri y no tenía excesiva experiencia sobre el terreno en "Próximo Oriente", como dicen los franceses, salvo alguna misión esporádica en Beirut.

Aquella noche, en la terraza de un restaurante abarrotado en Acharafiyev, la zona oriental de Beirut, de población cristiana, entre cafeterías con mujeres elegantes bajándose de Mercedes y coches japoneses había quedado para cenar con dos funcionarios libaneses preocupados por el cariz que estaba tomando la guerra de Siria. Aquel barrio de Acharafiyev, podría ser Paris perfectamente.

—"En realidad vivimos de alquiler", dijo mi anfitrión, un funcionario del Ministerio de defensa. Pero el casero es Siria. La diferencia es sencilla. El Mediterráneo frente al desierto. Ya has visto los despachos vacíos en el Ministerio y los papeles abandonados en los negociados donde hemos podido entrar sin que nadie nos dijera nada. En Siria no se mueve un papel sin que lo sepa el régimen. Un sociedad militarizada.

—Hariri hizo de El Líbano una empresa, con el consentimiento de Siria que, antes de empezar su guerra civil, era como cualquier pais del este dependiente de la URSS cuando aún había telón.

A los postres, un camarero al que no conocía, me transmitió un mensaje que venía de muy lejos al oído. Al día siguiente, de la sonriente Beirut tuve que salir a través del frondoso Valle de la Bekaa, hasta la inexpresiva Damasco.

Todo lo que tiene que ver con Oriente Medio es complejo, laberíntico. Todas las instituciones públicas son débiles o inexistentes, salvo el ejército y los servicios de seguridad. Pero no hubiera terminado en el Palacio de Justicia de Paris, si no hubiese encontrado lo que allí encontré.

Todo eso se aprecia nada más pasar "Bab al Hausa", "la puerta de los vientos", el arco romano restaurado en tiempo de los otomanos que da entrada al Estado sirio. Como el rastro de la caravana de la ruta de la Seda, y la huella de las grandes civilizaciones que pasaron por allí o la antigua riqueza de la ciudad de Alepo que se llevaron los Omeyas a Damasco, y volvió más tarde con nuevos zocos y caravanas.

Mientras, más de la mitad de la población huía de los bombardeos que habían dejado sin agua, sin alimentos y sin luz, formando una auténtica riada de refugiados. No se me olvidará nunca la foto de Aylan Kurdi, el niño que en septiembre de 2015, apareció ahogado en la orilla de una playa turca.

Mis visitas tenían por objeto cerciorarnos de que el destino de los equipos, en particular los drones "predator" y "reaper" fuese el correcto. Preferiblemente con magia blanca. Y si no, con negra. Y en aquella guerra de todos contra todos, no era sencillo.

En Damasco, considerada en otro tiempo la ciudad más bella y elegante del mundo, todo lo viejo había sido destruido. Después de cuatro años en los que parecía que iba a colapsar el régimen de Bassar All Assad, los rebeldes se habían estancado y comenzaban a retroceder en algunas plazas. Aquello se iba al garete. Pero a mis superiores de Virginia parecía traerles al pairo.

Damasco, "la fruta de dulce fragrancia" ya no era como yo la recordaba. El calor era sofocante, los edificios estaban en el suelo y entre una nube de polvo pasaban las primeras ambulancias de la OMS sorteando los cascotes desperdigados. Entre las vigas con los hierros al aire asomaban jirones de colores debajo de las piedras. Postes de la luz atravesados, cables de luz y teléfono colgando y hombres tratando de apuntalar las paredes aún en pie en inmuebles convertidos en cantos y piedras.

En los amasijos de una mezquita cuatro o cinco rebeldes con turbante y pañuelo y sus armas a la puerta rezaban poco después de mediodía la salah de los viernes, el miraj del musulmán, En aquel infierno de la guerra aquellos hombres bebían como cosacos. Pero agua. Nunca valoré tantísimo las pequeñas botellas de agua "mineral". Y recordé la máxima de Napoleón: "La primera calidad del soldado es la constancia en soportar la fatiga y las privaciones; el valor es la segunda".

Alternaban disparos continuos con minutos de incierto silencio que mi contacto en Damasco y yo aprovechábamos para avanzar cautelosamente. En uno de los primeros, a través de las huecos de las cuatro vigas en pie del esqueleto de un edificio, vimos a dos milicianos rodear a un joven aterrorizado con los brazos en alto. No tendría más de veinte años. Los milicianos, que no tendrían muchos más, hablaban nerviosamente entre ellos, mientras el chico gritaba frases desesperadas que no entendí tratando de explicar su presencia allí. ¡Hagamos algo, le dije a Nora! Pero la guerra es un lugar donde el miedo es capaz de matar a alguien que levanta las manos para entregarse. Y horrorizado, tienes que seguir. En la guerra la vida no vale nada. Y a continuación recordé a Naqueb: Por duro que sea, "Cuando pasa algo irremediable, ya ha pasado". Sólo queda amortiguarlo.

Al año siguiente, enero de 2016, poco después de Bataclán, y cinco años antes de la fiesta del Tabou, tuve que viajar a Alepo y allí en medio de la guerra, tratando de distinguir amigos de enemigos, puede decirse que empezó la casualidad que me llevaría años después hasta el Tabou. No era sencillo. Una mujer con hiyab, contacto de Nora, casada con tres yihadistas, nos diría:

— "Aquí hay por lo menos tres policías. La Hisbab, policía religiosa encargada de hacer aplicar la sharia en las calles del Califato, la policía militar y la policía islámica. Yo no soy capaz de distinguirlas".

En Alepo, la ciudad más insurgente, los rebeldes controlaban el este y el Régimen el oeste. Los rebeldes resistirían aún más de un año. Recuerdo al llegar al Hotel Baron el olor del café con cardamomo invadiéndolo todo, junto a la carcoma y el canturreo de un imán, mientras permanecían prohibidos Internet y los teléfonos móviles. Aquel establecimiento donde comían palitos de semilla de sésamo y se alojaban a principios de siglo los aventureros que llegaban en el Orient Express, Lawrence de Arabia, Agatha Cristhie o el propio Ataturk, era hoy un albergue de refugiados donde resistía desde 2004, como leal guardesa recluída en una de sus habitaciones, la mujer de su creador, un armeno que se habia visto obligado a ceder el hotel al gobierno sirio, comenzando su progresivo deterioro. Al menos si conseguí llegar a la panadería Kaak Al Shakan a por aquellos palitos de sésamo que duraban meses.

Según insistía la Central, la ONU había reportado la muerte de 400 niños en bombardeos indiscriminados de Rusia, bombas revienta búnkers, municiones con fósforo y bombas de racimo alegando estar "combatiendo a los terroristas". De camino al hotel la desolación era absoluta. El esqueleto de un par de coches incendiados días antes en la mediana bajo farolas inservibles, edificios como acordeones en el suelo, vigas, cascotes, montículos de piedra y arena sin una sóla mota verde, todo lleno de bidones de gasolina vacíos y el grito inconsolable y desgarrador de un hombre rompiéndose la camiseta en la calle. "No estamos utilizando armas no aprobadas por Naciones Unidas", declaraba el jefe de la diplomacia rusa.

Al llegar a la recepción, antes de las escaleras blancas que había al fondo del hall, lo primero que ví fueron las pequeñas katiuskas rojas de Nadia cuarteadas y llenas de polvo y unos ojos mirones debajo de un pelo gris cascote en brazos de su abuelo. Me asomé al bar y al levantarse del sillón con orejeras del bar un individuo con aspecto de funcionario del régimen, la recepcionista, una mujer delgada, fibrosa y demacrada, me dijo en voz baja si quería cambiar moneda. Pero rápido, me dijo después de irse aquel hombre.

Sin embargo, cuando le pregunté a continuación por dos direcciones se alargó en su respuesta amenazando con explicarme casi el conflicto de Siria entero. Primero me apremiaba y luego no dejaba que me fuese.

Dijo conflicto porque cuando la guerra es tabú, se le dice conflicto. Aquello estaba lleno de tabúes y eufemismos. Para evitar mencionar determinados lugares, la mujer, que no tenía aspecto de recepcionista escogía, como si fuera un politico, adverbios y circunloquios que le permitían obviarlos. Decía allí o fuera para no citar lugares donde había enemigos. Y aquí, o dentro, para lo contrario.

Y ya sabe cómo empezó todo, continuó, con las primaveras árabes y el graffiti, en una pared de Deráa, al sur de Siria: «El siguiente usted, doctor», refiriéndose a quien usted ya sabe y yo no ignoro. Se referia a Bashar al Assad, que es oftalmólogo.

Lo que seguía me lo sabía. Luego, Al Hassad temió por su vida y castigó ejemplarmente aquella amenaza grafittera, continuó, liquidando al menos a los primeros mil que encontró.

Y así, ya ve, se prendió la mecha por unos y otros, aquí y alli, de modo que nadie sabe cuando empezó la guerra civil, y ni siquiera si es civil.

—Ni tú eres recepcionista, le dije.
—"¿Hay algún medio de llegar a "Tadmur"?, Palmira en árabe era la primera contraseña.
—¿Cuando le gustaría ir? quiso asegurarse.
—"¿El Lunes puede ser?" pregunté.

— Quizá, respondió a la expectativa.

—Rectifiqué inmediatamente: Decía que "si el Lunes por la tarde podría ser". Eran las diez palabras exactas de la segunda contraseña.

—De acuerdo señor. Entiendo que es quien esperaba. ¿Pasamos al bar? No habia gente y apenas distancia. Nos sentamos en los taburetes altos. Pero sin dejar la conversación, en seguida me preparó "un Jallab", un jarabe típico de dátiles acompañado de agua de rosas y frutos secos. Mientras lo preparaba dejó ver un tatuaje en el interior de brazo izquierdo con el nombre de Tadmur, Palmira en árabe.

—Te parece buena idea llevar tatuada una contraseña?, le dije.

—¿Sabe árabe?

—Cuatro palabras.

—Pero una de ellas es Tadmur.

—Bueno, Tadmur no es sólo una contraseña, se apresuró a precisar Nora.

—Nadie pondría Tadmur como una contraseña. La nuestra son, acaba usted de citarlas hace un momento, "siete palabras".

Mientras hablaba, preparaba los dátiles de la melaza de uva, y el agua de rosas para ofrecerme un Jallab.. Llevo tres meses dejándome caer por el Hotel. La recepcionista se ha ido a comer y, aunque no hay mucho movimiento por aquí, me he ofrecido a sustituirla un rato. Mi nombre es Nora Alzubi, agente destinada en la base turca de Incirlik. Y seré su asistenta personal mientras esté en Siria. Esperaba su indicación.

—Uff.¿Tenéis problemas en Incirlik eh?

—Bueno, allí está todo cogido de un hilo, ya sabe. El depósito sensible, el problema de los kurdos… y si salimos de allí, al dia siguiente estarán los rusos, que ya se ve que tienen ganas de volver por sus fueros.

—Así que el mando de la base me envió aquí en medio de los fuegos artificiales y llevo aquí tres años. No me dijeron que el fuego era cruzado, sonrió. Pero me las apaño en este microcosmos. Esta semana Damasco ha autorizado la evacuación de dos periodista franceses a los que he acompañado hasta la frontera con Líbano. Si no es por uno de los nuestros no hubiera podido volver.

—Oye éste Jallab está verdaderamente bueno.

—¿Para qué medio les has dicho que trabajas? The Washington Post. Más que nada porque es la única ciudad de su país que conozco, me dijo. En cierta ocasión me abordó un grupo de rebeldes en un bar, ¡Journalist! gritándome que no me veían en Internet. Yo es que soy más de papel, les bacilé, mientras nos emborrachábamos, sabiendo que allí no tendrían ni medio ni tiempo de comprobarlo. La red no funciona más que en momentos puntuales.

—Tiempo después me vino un comisario político en Damasco buscándome la vueltas, que si Washington para arriba y para abajo. Pero él conocía el Washington de los turistas y yo, antes de venir, me había tragado el callejero entero y le hablé de bares y pubs. ¿Conoce la terraza del Morris?, ¿y los Daphna cocktails del Barminy? Lo dejé a cuadros.

—No esperaba contactar contigo hasta el Domingo, le dije.

Lo mismo durante la fiesta que durante el juicio, la visión de Cloe me recordaba mucho a Nora Alzubi. Y ese pensamiento me daba vértigo. Y no sé por qué, porque eran muy diferentes. Una era rubia y la otra morena. El entorno de Nora era el desierto y el de Cloe las calles y los edificios más bonitos de Paris. Pero en las dos había campanarios. Eran valientes, atrevidas e incluso a veces osadas y hasta temerarias. Pero cuando has estado en muchos sitios.. tarde o temprano llega la reminiscencia.

Durante el interrogatorio de Cloe en el juicio por parte de Vergemont, el abogado de la acusación:

—¿No es más cierto que usted mantuvo conversaciones con Akram Wahhab, un estudiante sirio, sobre la financiación del Tabou?

Cloe no tuvo tampoco inconveniente en responder.

—En efecto, señor letrado, había mantenido conversaciones sobre la financiación de la fiesta, pero teníamos otros patrocinios, había mucha gente interesada, y aquello no funcionó.
—Pero el Martes 15 Junio, menos de una semana antes de la fiesta usted hizo una llamada a la vivienda del buquibista del Sena Gabi Mustafá. ¿Nos puede decir para qué?

Ésta si sorprendió a Cloe, y se le escapó el pelo por detrás de la oreja porque no sabía por donde iba Vergemont. Pero se zafó igualmente.

—Su mujer es colega y trabaja en el sector inmobiliario. Cuestiones profesionales.
—¿Hasta tres veces ese día?

La llamaba, supongo, no recuerdo, para ver si tenía viviendas que alquilar para la fiesta. No quedaban habitaciones de hotel en las proximidades de la fiesta.

—¿Era precisamente la mujer del Sr. Mustafá la única profesional con la que contactó?

—No recuerdo. Andábamos a cien aquellos días

Los abogados no se mueven en estrados como en los States pero allí atado a su banco detrás de sus gafas redondas y antiguas de miope, Vergemont parecía aún más hierático y menos humano.

———

—En ese momento me vino a la cabeza Nora en el Hotel Baron, en Alepo: Ha surgido un pequeño imprevisto, me dijo después de un rato de conversación.

—Te escucho, —le dije,— mientras le invitaba a sentarse en uno de aquellos sillones desvencijados del bar, mientras ella revisaba las estanterias.

—¿No habrá micrófonos?…dije en altavoz..

—Con la Muckahbarat nunca se sabe, pero creo que no. He pasado este viejo trasto estos días, contestó.

—Ni cerveza, supongo.

—En la actualidad no, me temo. Nada, aparte de comentarle que esta misma semana hemos detectado la entrada de "extraños" por el aeropuerto turco de d'Hatay, y que tengo contactos con dos miembros de Al Nuhsra en Alepo que quieren conocerle.

—¡Hombre, un comité de bienvenida! contesté.

En realidad yo también había ido a conocerles. Pero no imaginaba que desde ese momento, la Muckhabarat, la inteligencia del régimen sirio, y Al Nusra, uno de los principales grupos rebeldes de la insurgencia, iban a acompañarme hasta el Tabou.

—El problema, dijo Nora, es que no es el único. Otros dos miembros de Estado Islámico ISIS, también.

—Todos saben de su llegada.

—¿Y eso?

—No es difícil.

— Aquí todo lo que se mantiene de pie, o es soldado o es agente.

—Te veo delgada y falta de peluquería, pero sana.

—Un par de milagros y lo demás suerte. Es cierto que secuestran a menudo "colegas periodistas" y miembros de ONG, pero de una "periodista americana perdida en Oriente medio" siempre esperan poder obtener algo. Tienen tantos enemigos que no tienen tiempo para ocuparse de mi.

Necesitábamos distinguir bien y remitir información detallada para poder entregar el material con garantías. Dentro de lo que en la guerra de Siria se podía garantizar. En Oriente Medio todo tarda en pasar. Pero luego pasa muy rápido.

—¿Por donde empezamos? Cuales te parecen más peligrosos sobre el terreno?

—Todos. Les he visto cometer atrocidades a todos.

—Hay jóvenes soldados pero también un montón de asesinos.

Nora Alzubi concertó para aquel martes, tres días después, una reunión en una nave abandonada a las afueras de Alepo donde nos llevó en su pick—up uno de sus contactos, Akrahm Ghalib, que vivía de los transportes de guerra. Con chalecos de prensa parece que uno lleva un salvoconducto. Pero sólo parece.

Nora me había enseñado desde el domingo hasta el martes lo poco de Alepo que quedaba en pie cuando llegué mientras me recomendaba cuidado con la recepcionista del hotel porque llevaba días sacándole información y tenía familia entre los rebeldes.

En los barrios de Al Sukari y Ansari, el silbido de las balas sonaba unas veces lejano, a veces en la calle de al lado y otras a la vuelta de la esquina. Los alrededores del hospital estaban tomados por miembros del Ejercito Libre sirio. De vez en cuando sonaba la alarma de los bombardeos incesantes de los aviones del régimen de All Assad, uno de los cuales no nos alcanzó por muy poco. Nos acercamos. La nube de polvo no dejaba ver nada. Picaban mucho los ojos. En seguida aparecieron los cascos blancos, un grupo de voluntarios que se jugaban la vida en cada rescate. Acudían a cada bombardeo aunque no daban a basto. Sacaron en camilla a un señora mayor de entre los escombros. Abu Musa, su coordinador, un joven de apenas 25 años, nos dijo que cuando encontraban entre montañas de piedras y escombros gente con vida era una sensación increíble. Nos contó la increible historia del bebé milagro, que apareció bajo el colapso de edificio de cuatro plantas, cuando era impensable encontrar ya a nadie. Dificil de creer pero aún más de explicar el enorme júbilo que provocó entre todos los cascos blancos y demás voluntarios que trataban de auxiliar.

Al salir de aquel solar, de vuelta al Hotel Baron, lo difícil era escoger entre los soportales de un edificio o la calle, por temor al derrumbe. Las paredes que aún quedaban en pie estaban llenas de boquetes causados por los obuses de mortero. Los edificios parecían armarios con los cajones abiertos y la ropa tendida era la única señal de vida.

Lo cierto es que a pesar de que se lo pedí a Nora y tuvimos a propósito una cierta tensión, en medio de bombardeos diarios incluidos drones de procedencia iraní, no teníamos tiempo ni podíamos arriesgarnos a tener cinco reuniones por separado, que es lo que yo hubiese deseado, así que después de unos días Nora logró convocar para aquella tarde una reunión de "señores de la guerra". Durante el viaje el conductor Malek Gahlib, no sé si por el propio respeto que sentia hacia aquella "reunión" o por qué razón, me iba advirtiendo del peligro y la inutilidad de la misma. Ghalib tuvo que dar un frenazo a su pick up, para no atropellar a unos camellos que caminaban parsimoniosos y ajenos a todo. Uff. Menos mal. Si los atropellas durante el día te cuesta una pasta, dijo Nora. ¿Y de noche, pregunté? Por la noche responden los pastores.

Lo recordé luego porque en el Tabou éramos nosotros los pastores.

Malek continuaba frenándonos. Esta gente es peligrosa, con o sin guerra. No lo digo por mí, soy de Lattakia junto al mar y los conozco desde cuando iban allí a armarla. Malek tenía mucho empeño en que no se celebrara. El programa incluía:

—Dos miembros del Estado islámico, *el ISIS de Al Bagdadi, en la región, que habian estado combatiendo precisamente en el este contra la propia Al Nusra, tras proclamar "el califato de Raqqua" en la frontera de Siria e Irak.

—Dos miembros del *Ejército Libre Sirio, desertores de las fuerzas gubernamentales sirias, que en Alepo ocupaban un edificio junto al Hospital.

—Y dos miembros de *Al Nusra, la rama siria de Al Quaeda, de Al Golani, Akram Wahab y Fahed Kahid, nombres que yo conocía perfectamente. Ni era la primera vez que los escuchaba, ni sería la última. Serían nuestra pesadilla. Yo ya sabía que "Leopardo o león, Fahed era una bestia que tenía el valor de un zorro y la prudencia de un ganso".

Aquella gente guerreaba entre sí y no coincidían más que en su odio a Bassar al Assad y en su deseo de obtener apoyo logístico que pensaban yo podía facilitarles. Todos querían hablar conmigo, atribuyéndome a mi llegada un rango y una representación que en realidad yo no tenía.

A lo largo de mi carrera, también con Naqueb y Nora Alzubi, he encontrado lo mismo. Creo que el miedo es el origen de todo. El miedo es el primer enemigo. La reacción a cualquier adversidad empieza con el odio al extranjero, al diferente. Eso es lo primero. Desde los yihadistas, el comunismo hasta la "lógica" aparición de la ultraderecha en Europa. Y es lógica la desconfianza al diferente, evolutiva, nos pone en guardia.

Igual que las dificultades del Tribunal para admitir las pruebas de la provocación suficiente de Oberón Dubois, nadie ni en Afganistán ni en Siria quería reconocer que si los extranjeros se llevaron lo que fuere, fue porque de lo contrario no se habría encontrado o se habría perdido. Tampoco Mustafá, el buquinista del Sena, con sus tesoros. Y si no cooperaron unos y otros fue porque no había organizaciones estatales fuertes para ponerle límites. Y lo mismo en Europa. El odio nace de la deficiente organización estatal para regular los flujos migratorios. Y, a partir de ahí, la cooperación.

Si Malek Ghalib, nuestro conductor, con muchos kilómetros de guerra, trataba de disuadirnos de llegar a la reunión, no era por la tormenta del desierto que nos sorprendió por el camino. Ni siquiera por la posibilidad de los temidos drones "suicidas" iraníes. Por su parte, Nora mostró su sopresa de que ante aquella convocatoria yo no mostrase recelo, sino ansiedad. Y mi ansiedad de que llegara el momento no era venganza, porque sabía que allí, entre aquel polvorín yihadista difícilmente iba a poder conseguirla. Pero sí quería verme con él cara a cara.

El nombre de pila de Alzubi era Nura, pero por su semejanza con Al Nusra en aquel entorno, había decidido ponerse Nora. Nora de Kobane, en la frontera sirio turca. Yo mismo me sorprendía de que, ante aquel paisaje desolado y en ruinas, como si fuese un viaje cualquiera, no viese el momento de que llegásemos. El caso es que los combatientes rebeldes, recelosos de los representantes de los demás grupos y de la posibilidad de que el régimen conociese el lugar de la convocatoria y pudiera emplear un dron, al final no apareció nadie.

—Recuerdo que cada uno de los tres esperó alerta en una esquina diferente de la Nave dando pequeños pasos para controlar la ansiedad temiendo una aparición repentina y por sorpresa. Pero al ver aquella nave industrial igual de vacía media hora después que al llegar, nos quedamos los tres inmóviles en medio de aquella nava industrial y en silencio hasta que Nora exclamó: After a while crocodrile!.

———

El Salón de pasos perdidos del palacio de justicia era como la Nave Central de una Catedral con sus arcos y bóvedas. Y entre aquellas esculturas alegóricas de la justicia, vi venir a un abogado nervioso que no parecía encontrar a sus clientes y, acelerado, llegaba tarde a una vista.

Me recordó el día en me quedé sin saludar a aquellos líderes de Al Nusra, autores de aquellas atrocidades, los primos que Nora me quería presentar y yo conocía ya. En particular Fahed Kadhid. En aquel avispero de todos contra todos, nuestra tarea era realmente complicada. "La democracia muere en la oscuridad" citó Nora la leyenda de "su periódico", "The Washington Post". Cierto. El problema es que, como he podido comprobar a lo largo de mi carrera, a la democracia también se la defiende a tientas y oscuras.

Bassar Al Hassad había obtenido la colaboración de Moscú apelando a la lucha frente a ISIS, mientras nosotros apoyábamos a los rebeldes, con un ojo puesto en el ISIS. Asi que a pesar de tener como Presidente del país a un oftalmólogo o justamente por eso, lo menos que se podía quedar uno en Siria era bizco.

De vuelta a la ciudad, agotado por el calor y la tensión, paramos en la única gasolinera que debía haber en muchos kilómetros a la redonda y bebimos cada uno tres o cuatro botellines de agua. Naqueb apareció como un espejismo del desierto, diciéndome: —"Apura, que cuando acabas de llegar, ya te tienes que ir".

Al llegar a la entrada de la ciudad sonó un obús no muy lejano. Mientras esquivábamos calles de cascotes y amasijos de lo que en su día habían sido coches.

—Tras el obus, pensé que quizás estaba apurando demasiado.

Por aquellos asfaltos agrietados nos dirigíamos al Hotel Baron. Nuestro conductor Abdul Ghalib, hablaba el inglés que precisa el desierto con la h aspirada de los sirios y muy poco de una infinidad de idiomas, mientras Nora y yo tratábamos de recapitular. No era fácil saber quien iba ganando en la guerra de Siria entre cientos de facciones. Las calles estaban llenas de bolsas negras con cadáveres. El Observatorio de derechos humanos, hablaba de 600.000 muertos. Pero sí quien iba perdiendo. Nadia tuvo que abandonar Alepo con sus katiuskas rojas, con su pelo sucio y sus saltos desacompasados de la mano de su abuelo y su amigo Samir, con sus ojos negros y su camión de juguete sin ruedas.

Nadia y su abuelo, huían de los bombardeos de una guerra que duraba ya 5 años, donde mandaba Rusia y, sobre todo, el régimen de Al Hassad que, repetía el abuelo, "ha resistido, cuando al principio le dábamos semanas". Se oía el ruido de los aviones sobrevolando todo el tiempo. Habia decenas de bombardeos diarios.

Nadia tenía cinco años y aún no había puesto sus zapatillas. Había vivido sólo 5 años y huía de Alepo dentro de sus Katiuskas rojas.

Pero no tirábamos la toalla. Igual que un portazo en el Hotel donde usted está, decía Abdul Gahlib, puede refrescar porque hace pensar que se ha levantado el aire, ese obús que acaba de caer sólo y aislado después de unas horas de silencio y antes de otras si no pasa nada, podría ser el último. No cabe duda de que Abdul Ghalib era un hombre optimista. O, quizás, que lo peor que pudiera pasar seguiría siendo bueno para su negocio.

Cuando llegué al Hotel, se escuchaba a lo lejos el canturreo de un imán, soñaba con una cerveza, no salía agua de los grifos, me dejé caer agotado con riesgo para el somier, cerré los ojos y en medio de aquel calor sofocante pensé en una cascada de agua. Me dolía todo.

Antes de quedarme dormido, me acordé de Naqueb: "Tú continúa muchacho, "Muthabara, pero con sport", insistía él, "No loosign the way", perseverancia en los objetivos, quería decir, pero no te pierdas "el camino", que es donde está el quid de la cuestión. Lo que hoy piensas que no te sirve, te servirá mañana".

Quizás todo esto no fuese necesario para el enjuiciamiento de los hechos ocurridos en el Tabou. Pero para nosotros sí. Sin la relación de Oberón con los sirios de la que tuve conocimiento por la Central y por mi propia experiencia y la de Nora sobre el terreno, no se entendería lo anterior ni lo que sucedió a continuación.

Capítulo 10
El reclutamiento

Después de cinco años de guerra infructuosa nuestros "extraños" en Paris pretendían organizar el mismo viaje a Siria que hice yo, pero con destino a campos de entrenamiento. Se trataba de un reclutamiento de lobos solitarios al servicio de Al Nusra. Era la "pequeña contrapartida que, según la agencia, pedían los "extraños" Abdel y Fahed, a los "propios", los jóvenes de Rue Madame, a cambio de la financiación de "la fiesta del Tabou".

Al principio la labor en Paris fue difícil. Yo venía de trabajar por mi cuenta, o con el apoyo remoto de muy pocas personas y, de pronto, tenía que coordinar un equipo de agentes de diversos servicios que priorizaban una lengua u otra. Muchos de ellos tambien estaban acostumbrados a trabajar en solitario. Thierry Noiesserie y Jaqueline Duverger, de la DGSE, Servicio exterior francés, jugaban en su terreno, lo cual implicaba ciertas particularidades; Cecile Celarié, de la DGSI más aún por ser del servicio interior, aunque se tratase de lobos extranjeros. Y luego nosotros, Gerard, Eduard y yo mismo, "los americanos".

Un equipo buscando a oscuras sombras de dos lobos solitarios en Paris y sus colaboradores, que no sabíamos cuantos eran en realidad. Paris era la única recompensa porque el sueldo era menor y el trabajo arduo. Me sentía bien aunque desde el quirófano de Camp Bastion, no había visitado al médico.

Y recordé a Napoléon, al que en Virginia he citado tantas veces acerca de mi propio país: "cuando una nación carece de cuadros y no tiene un principio de organización militar, le es muy difícil organizar un ejército". Una operación de inteligencia no es una operación militar pero en Paris no sabía con qué personal contaba. Siguieron dias de trabajo de campo con rastreos ineficaces, alertas falsas, pistas que nos llevaban a ningún sitio, desde el centro hasta la Banlieu. Habíamos interceptado e incluso desencriptado algunas llamadas que fueron útiles para otros asuntos de la DGSE, como la del caso Nanterre o el caso Courvé, pero que nada tenían que ver con el reclutamiento para Siria que tratábamos de detener. Teníamos agentes en la Defense desde hacía meses con antifaz de ejecutivos de firmas tecnológicas.

Llegamos a entrar en muchos domicilios. ¡Era un Vigiparate! ¡Qué coño ibamos a esperar la autorización judicial! De camino a una de las entradas y registro no veía más que leopardos. Ya no eran las gárgolas las que me recordaban a un leopardo durmiente. Hasta los andamios de Notre Dame me parecía los de un animal.

Aquella buhardilla por la que pusimos patas arriba a toda una manzana, se asemejaba a las guaridas donde viven en los dibujos animados los ratones que salen a comer el queso. Pero los datos de la DGSI de Celarié y los de la DGSE de Duverger no coincidian. Aquella pareja yemení con dos niños aterrorizada por la situación, acababa de llegar de trabajar en las obras de renovación castillo de la Bella durmiente del parque temático de Disneyland Paris.

"Este americano está buscando una aguja en un pajar", decía Celarié, uno de cuyos mejores amigos trabajaba en el parque haciendo de pirata. Para ellos todo es como en esa fantasías de Hollywood. Todo para aparentar una seguridad, que en realidad no han conseguido. Basta ver el 11—S.

Un viernes por la tarde, cuando estábamos a punto de salir a tomar unas cervezas, Jaqueline Duverger informó durante los descansos de un curso de posgrado sobre "Historia política del siglo XX" en el Boulevard Saint Germain, Jules Cambord, "el joven bolchevique de Rue Madame", era un enlace. Había contactado con "los extraños", los dos individuos a los que estuve a punto de conocer durante mi estancia en Alepo:

—Akram Wahhab, sirio de 26 años, pelo negro y rizado, callado, estudiante de políticas nacido en Palmira, uno ochenta de estatura, con una cicatriz de tornillos y metralla en el brazo izquierdo;

—y su primo Fahed Kahid, 38 años el leopardo que, junto al "becario" anterior por suerte o por desgracia, me había dado "el plantón" en Alepo. Una bestia que, en las conversaciones interceptadas por los ingleses, hablaba siempre del "dromedario de Zenobia", la mujer más bella que ha habido en Oriente, aún más bella incluso que Cleopatra. Pero en aquellas soflamas decía a sus manipulados que el asesinato engrandecía el alma. Y se vanagloriaba de tantas medallas como vidas segadas. De Fahed decían que sólo te miraba a los ojos mientras te manipulaba. Luego te ignoraba.

Era uno de los terribles dirigentes del Hospital oftalmológico de Alepo, una de las más importantes salas de tortura de la guerra de Siria. Dispuesta para superar el imaginario de Abu Graid y Guantánamo atormentaban a los prisioneros vistiéndoles de naranja y torturándolos con cables eléctricos y de televisión.

Aquel catorce de septiembre, en una de las habitaciones donde antes se hacían las curas, tres yihadistas vestidos de negro y con pasamontañas discutían a gritos entre ellos mientras golpeaban a un hombre con los ojos vendados. Los ojos ensangrentados, ya no notaban ni la venda. Uno, aparentemente más considerado, trataba de hacer corrientes para que entrase el aire. A continuación le golpearon alternativamente en el pecho y en el abdomen, hasta que comenzó a sangrar por la boca. Quítale la venda, dijo uno de ellos. No era una medida de gracia, sino algo necesario para limpiarle la sangre de la boca. Los ojos ya no veían y casi ni se distinguían.

Aquel día los gritos desgarradores procedían de varias dependencias del hospital donde hombres vestidos de negro arrancaban la uñas o impregnaban la venda de los ojos con gas lacrimógeno durante cuatro horas. Y allí, en aquel quirófano que apestaba a formol, donde apenas había otro mobiliario que una maltrecha silla de intervenciones, vestido con traje militar y sin capucha, con un rostro cetrino y brillante, sin inmutarse por la posibilidad de ser identificado por los eventuales supervivientes, estaba Fahed vestido con uniforme militar: ¡Rápido vete a buscar el móvil! Le voy a matar y lo voy a subir a Youtube, decia Fahed a gritos a un prisionero para que lo oyeran todos, al que acusaba de pertenecer a los servicios secretos occidentales.

— Mientras sus ayudantes iban a por el móvil, se oían gritos procedentes de otras salas. Eran las dos y pico de la mañana.

—¿Habéis salido de Matrix? gritó Fahed refiriéndose a la película.

—¿Francés? ¿DGSE? On vas vous égorger! ¿Anglais, CIA, Allemand? ¡I´m going to tear you to pieces!

— Pero antes.. ¡dime Perro!, ¿para quien trabajas?

Le agarró con violencia del poco pelo que tenía, le echó la cabeza hacia detrás y le puso el cuchillo en la garganta. Y el poco aliento de vida que le quedaba y su último pensamiento fue para su familia.

Fahed averiguó que pertenecía a la Agencia, no porque no quisiera revelárselo, —quizás su última esperanza—, sino porque en aquel estado de semiinconsciencia, no podía emitir sonido gutural ni mover un solo dedo. Alguien gritó con un celular en la mano al final del pasillo. Al otro lado de la línea tenía a Abu Al Athor, Gobernador de Alepo. Fahed se quedó quieto durante unos instantes y pareció intuir la información que iba a recibir. Aquel agente podía serle de más utilidad vivo que muerto. Visiblemente contrariado, después de unos segundos mandó llamar a un hombre que no estaba en aquel quirófano y dijo que le administrara no sé qué suero.

Aquel prisionero despertó horas después por los bombardeos en un suburbio de Alepo. Fahed y su primo no habían acudido a la cita con Nora, pero, ya se ve, días después fue capturado él. Estuvo tres dias retenido. No sé si pudieron sacarle información durante la tortura o mediante el suero, o simplemente consideraron que su colaboración contra el Régimen de All Assad, aunque momentánea, era necesaria.

—"No es que convivir tres días con mis captores me cambiara la cabeza, dijo cuando despertó, pero cuando te empiezas a recuperar del shock, volver de la muerte inminente a la vida te da otra perspectiva. Al principio pensé que podía ser el síndrome de Estocolmo pero estamos entrenados en eso".

Respecto a las conversaciones que mantuvo en su cautiverio habló de cuatro yihadistas a los que apodaban los Beatles. Bajo aquellos seres radicalizados se atisbaban jóvenes humanos atrapados en una guerra. Como el yihadista bueno, con acento belga, que trataba de hacer alguna corriente para que los rehenes respirasen. Si aun te queda razón para distinguir, claro.

Para quien ha vivido desde diferentes perspectivas unas cuantas muertes violentas, más de las que desearía, el asesinato premeditado, lejos de engrandecer el alma, es su disminución mayor.

Fahed Khadid, puritano y sectario, era hijo de un funcionario sirio y educado en la universidad de Medina cuando la primera crisis del petróleo desequilibró la economía y provocó la diáspora de muchos musulmanes a Arabia Saudí. Allí Fahed se abrazó a los grupos salafistas y a la doctrina wahabita que pretendía la vuelta a los orígenes eliminando del Islam las supersticiones de Africa o de Indonesia, y llevar el Islam a la primera linea de la escena internacional. Desatada la guerra de Siria, y aprovechando que algun miembro de Al Nusra ostentaba no sé qué cargo religioso en una mezquita, utilizó la obediencia religiosa para la distribución de ayudas y donaciones organizando un imperio de beneficencia y caridad, que más tarde serviría a otros fines, como el reclutamiento en Paris.

Salvo algún episodio esporádico en alguna manifestación izquierdista, Jules Cambord, el chico de Rue Madame, "l'homme revolté", como le llamaba Martin, no era de los violentos pero si de los que a veces justificaba la violencia. Tenía la arrogancia de la juventud y había contactado con los terroristas gracias a la simpatía que tenía por los empleados y aliados de Moscú, como Kouznevov el agregado de la embajada, o el sirio Akram Wahab. Jules era un niño bien, al que el partido servía de instrumento para superar sus miedos. En cierto modo admiraba a los sirios.

———————

Pero una mañana de diciembre, durante el juicio en el palacio de Justicia le llegó el turno. Después de que el Tribunal denegase un aplazamiento de la vista, llegó el interrogatorio de Jules Cambord quien, a pesar de estar aleccionado por su letrado, confesó que había recibido una ayuda de su compañero sirio Akram Wahab para organizar la fiesta, lo que organizó cierto revuelo en la Sala. "En ese momento teníamos que encontrar patrocinadores como fuese, dijo".

Vergemont vió una veta en aquella declaración.

—¿Su compañero Akram y Oberón Dubois eran amigos, no es cierto?
— Sé conocían, sí, respondió Jules.
—Y ustedes tres se reunieron en alguna ocasión.

—No recuerdo, dijo Jules.

—¿Recuerda el derrumbe de las torres de luz y sonido de Rue Madame?

—Sí claro. Pero aquel día hubo una desbandada y un lío de miedo. No nos reunimos.

—¿No estaban ese dia allí Akram y la víctima?

— No lo sé, dijo Jules visiblemente nervioso. Quizás. No los ví. Luego, yo tenía un acto del partido.

—¿No recuerda días después la charla que la Sra. Judith Menier disertó sobre su experiencia en los campos de concentración?

—Ah, sí eso fue bastantes días más tarde. Sí ese dia andaban por allí.

—¿Andaban por allí, dice usted?

—¿No estuvo usted hablando con Oberón Dubois y su acompañante?

Jules trató luego de escabullirse de las preguntas sobre la fiesta porque estaba persuadido que sólo nosotros habíamos visto "la maniobra" con Darwish y Dumani. Nada, de lo sucedido en la fiesta, dijo, tuvo que ver conmigo, lo que sonó en la Sala como una excusatio non petita. Su testimonio empezaba a deslizarse peligrosamente.

Con los nervios y en el afán de exculparse añadió:

—Además, "aquella ayuda financiera no era como las del partido". Fue sólo un premio por conseguir que fueran ellos los que financiaran la fiesta.

La cara de feroche del abogado de Jules, dejó de manifiesto que era más abogado del partido que suyo propio.

Martin esperaba fuera su turno para entrar en la Sala dando paseos arriba y abajo y Jules, al abandonar la Sala le hizo un gesto con el pulgar levantado, confiando en que el partido le sacaría las castañas del fuego. Martin no tenia ni idea de lo que le esperaba dentro.

Capítulo 11

La cita de Orsay

Después de dos intentos fallidos, el leopardo y su sirviente, que cambiaban constante e inesperadamente de piso franco y de teléfono, habían quedado por fin con los chicos de Rue Madame, Jules Cambord y Martin Terrier.

El encuentro, propiciado por Oberón Dubois, la conexión de los sirios, tendría lugar a mediados de abril en el Museo d'Orsay. La ocasión, una exposición que organizó el Ministerio de Cultura francés en el Museo de la luz, el maestro de la luz mediterránea, el gran pintor español, Joaquín Sorolla, cuya obra conocí en Madrid al mismo tiempo que a Marion, y luego he tenido ocasión de ver de nuevo en la Hispanic Society de Nueva York.

Sabíamos ya entonces por los informes de Nora Alzubi, que Akram Wahab, el "sirviente del que dá", antes de Paris habia estudiado en Damasco y Alepo y que siempre rememoraba las palmeras, las vacaciones familiares, las excursiones en barca y las puestas de sol con su primo Fahed en Lattahkia, junto al mediterráneo.

Su primo, Fahed Kahid, "el leopardo que duerme muchas horas", un poco más bajo de estatura pero mucho más duro de rasgos y de carácter, de tez oscura, procuraba aclarar su pelo negro con limón. Frío, inteligente e inexpresivo como muchos sirios, era hijo de un alto funcionario del régimen más hermético del mundo, tenía muy mal humor y cuando se sentía seguro, lanzaba duras diatribas contra los americanos, a los que nos responsabilizaba de todo.

Antes de la guerra, Fahed y Akram solían ir a la mezquita de Alepo a ver el minarete del zoco, donde tomaban té y helados. En alguna ocasión su primo Fahed le había sacado a tiros de alguna "pequeña discrepancia" con bajas indiscriminadas entre alguna milicia rival y algunos altercados en bares con obreros occidentales que habían venido a trabajar en Al Tabcqua, en la carretera que une Alepo y Al Raqa. ¡Qué pintan aquí estos perros!

Akram, según Nora Alzubi, se consideraba en deuda perpetua con su primo Fahed, antiguo combatiente en Irak, menos estudiado y más radical. Él le había conducido a la mezquita y a una especie de campo de fútbol de tierra con una sóla portería donde había imanes que pronunciaban sermones radicales. Después del plantón de Alepo, donde se encontraba "la Amniyyat", o la AMNI, el servicio secreto que los yihadistas habían creado a semejanza del nuestro, les perdimos la pista en Londres y según nuestras informaciones contrastadas con la DGSE podrían estar ahora en Paris preparando un atentado, aunque el "Vigiparate" fue declarado a instancias de las informaciones del BND alemán, a través de la E.A. su división exterior.

Fahed Kahid, pertenecía al "Frente Al Nusra", rama siria de Al quaeda que luego se fusionaría con otras cuatro organizaciones en Tahrir al Sham, Levante o Gran Siria, organización que festejaría por todo lo alto todas las cosas que hicimos mal y, finalmente, nuestra salida de Afganistán: "Fahed es una bestia, astuto como un zorro y prudente como un ganso", había dicho Nora. Cuando no está en el frente está reclutando gente. Pasa desapercibido y suele mirar al suelo, hasta que mira al cielo. Y entonces, mala señal.

Siria es una tragedia política del siglo XX. Pero lo que yo vi era una guerra dentro de una guerra. O más bien muchas. Y Akram y Fahed estaban en el medio de ellas. Un verdadero caos y cataclismo. Para ellos Siria había pasado a ser Kufr, "tierra de impíos". Pero lo peor de todo para mí, y lo más difícil de explicar, y en Siria había mucho, es que, en cierto modo, estábamos en el mismo bando.

Del lado de Basser Al Assad estaban Rusia e Irán. Enfrente, Akram y Fahed, la valiente Alzubi, —e incluso yo durante mi estancia—, que temíamos a los aviones rusos que desde Heimim, al sur de Latakia, a solo 20 km del feudo de la familia Assad que les facilitaba el acceso directo al mediterraneo bombardeaban sin cesar Homs y Alepo mientras sus tanques cercaban la ciudad atacando edificios civiles. Por su parte, Al Nusra, con Akram y Fahed a la cabeza hacían incursiones a Damasco con coches bomba, misiles y Kalashnikov.

Nora, nuestra mujer en la capital, fue advertida uno de aquellos dias por alguien del MI—6 que era inminente una ofensiva rebelde contra Damasco, la ciudad del jazmín, la más antigua del mundo. Los damascenos se protegían como podían y Nora salió disparada con sus chalecos de prensa hacia los alrededores despoblados de Damasco con el pick—up de uno de sus contactos, Abdhul Ghalib, el alepino que vivía de los transportes de guerra.

Nora y Galihb fueron interceptados por un grupo rebelde que les cacheó sin contemplaciones antes de que tuvieran oportunidad de enseñar sus carnets de prensa.

—¿Americana? Preguntaron a Nora.

— Entonces, estás de suerte. "Esto es el oeste", jaja, carcajeó aquel soldado, de veintitantos años.

Mientras se gritaban en árabe unos a otros a ella únicamente los apartaron de allí gritando ¡No photo!. Estaban tan agitados que uno de ellos, muy joven, llegó a pedirle primero que sostuviera el Kalashnikov mientras preparaban las lanzaderas de misiles listos para ser lanzados contra el Estado Mayor de All Assad. Más tarde, viendo su aspecto mañoso, le pidió que cambiara el cartucho del Ak—47. Pero Nora salió del apuro intentando hacerlo al revés y escondiendo en su aparente torpeza ante aquellos hombres el mucho adiestramiento recibido.

Por entonces, comunicábamos a la Central las continuas incursiones de los rusos en defensa del régimen de All Asad, no sólo las áereas sino el trasiego de asesores por el país, pero nos contestaban con el importante papel que los rusos estaban haciendo para contener al ISIS.

Todo era destrucción. Sólo el Ak—47 que guardaba Nora Alzubi podía hacer 600 disparos por minuto.

—Multiplique, boss, me decía.

Y luego estaba la presencia del Estado, los alauitas del Presidente tratando de conservar el poder a cualquier precio mediante un estado policial y la labor de "La Mukhabarat", los servicios de inteligencia del régimen, con eliminación de opositores, abusos, secuestros y muchos recursos económicos, con alguno de cuyos miembros Nora se había dejado ganar al golf.

Buscando precisamente damascos en el campo tuve ocasión de hacer unos hoyos con algún militar del régimen que estaba en los suministros alimentarios. El régimen parecía aletargado, pero cuando se ponía en funcionamiento era una apisonadora que funcionaba por no se sabe qué extraños resortes.

Enfrente, la oposición siria, que intentó mantener unida al principio el Consejo Nacional. Tardaron en formarlo cinco meses. Duró catorce.

Aquello se rompió. No era sólo una guerra entre sunnitas y chiítas alauitas. Era un batiburrillo de rebeldes moderados enfrentados con islamistas y yihadistas:

—El ISIS del extremista Al Bagdadi, de origen iraní, con su cantinela de Al Andalus.
— Y "Al Nusra", de Al Golani, sirio y líder de "los primos", Akram y Fahed, contra Occidente en general.

Todos de acuerdo sólo en una cosa, el viejo proverbio árabe: la puerta para llegar al paraíso es la paciencia. La primavera árabe de Damasco de 2011, aquella revuelta iniciada por un graffiti escrito por unos jóvenes contra el Régimen de All Assad, "El próximo eres tú", acabó en un estado totalitario, aislado, destruido y sin flores. Los jóvenes que habían tenido el sueño de viajar a Europa buscando una casa y un trabajo se habían quedado sin sueño y miraban tras los cristales o se habían enrolado en una de las innumerables milicias.

03/04/2017: Desde la base de "Al Shayrat", utilizada como corredor por los rusos, el régimen de Al Assad lanza un agente nervioso, en concreto gas sarín, contra Douma y Khan Sheikoun, matando al menos a ochenta personas.

Tras ser acusado de usar gas sarin contra los rebeldes en los suburbios de Damasco, All Assad se había comprometido a destruir su arsenal de armas químicas. Y con ese fin utilizaba Al Shayrat como almacén.

07/04/2017: Tres días después, el Presidente de los EEUU Donald Trump contesta lanzando misiles Tomahawk desde una fragata cerca de Chipre alcanzando la citada base de Al Shayrat.

Con este panorama, nuestro objetivo en Paris era impedir el reclutamiento que Akram y Fahed trataban de llevar a cabo para Al Nusra y la guerra de Siria, que los rebeldes estaban empezando a perder.

Un reclutamiento que tenía que ver con los cambios en la organización desde que con Al Golani se hubiera desvinculado de Alquaeda, pasando a llamarse "Jabhat Fatá Al sham", el camino hacia la Gran Siria, tratando así de recibir más dinero de los países del Golfo con la pretensión de instaurar un Estado islámico en Siria.

Desligados de Alquaeda, europeos y norteamericanos no tendrían así excusa para atacar a Siria, cuando además Al Nusra apoyaba algunos de nuestras operaciones contra el régimen de All Assad.

Pero sólo dos meses después el nuevo líder Abu Omar Sarakeb, resultó muerto en un bombardeo junto a otros mandos rebeldes.

Siria era como la cantina de un western cuando se lia. Así era en Siria la lucha de todos contra todos.

———————

Una tarde de Mayo azul y ventoso en Paris, un mes antes de la inauguración del Tabou, llegó "la cita de Orsay", propiciada por Oberón Dubois entre los jóvenes de Rue Madame y los sirios. De camino a Orsay:

—Recuerda Jules, dijo ingenuamente Martin: "Hoy tenemos que sacajles los higadillos a Oberón y a "estos sirios, hermanos o primos, o lo que sean". Como dice un cubano de Salapetrière, dijo Martin en español con acento caribeño: ¡El mes venidero, "Sosio", vamos a montar la mayor "Guasanga" que recuerde Paris en mucho tiempo!

Jaqueline había "sacado brillo" a los zapatos de Praga de Jules y Martin en la Residencia de Rue Madame. La "operación Anfleur", había sido puesta en marcha mucho antes de la fiesta del Tabou. El nombre había sido elegido, incluso quitándole la h, precisamente por su nula relación entre la localidad y los hechos. Aquella tarde de mayo bajo el reloj de Orsay, teníamos hombres en todas las paradas de metro próximas, algunos de los cuales se quejaban del mal olor. Habíamos detectado movimientos y teníamos hombres y mujeres de la DGSE entre Gare de l'Est, Chatelet y St Michel. Pero los primos llegaron andando. Entre la mucha gente que asistía a la Exposición, los de Rue Madame y los sirios se saludaron discretamente.

—Después de "la Tia Minnie" de Jaqueline y de que el laboratorio y la base de datos de Interpol confrontara los datos biométricos, convinimos que, efectivamente, aquel hombre vestido a la europea con una chupa de cuero y vaqueros era Fahed Khadid, había cambiado sus facciones, afeitada la barba, y aclarado su pelo y su rostro. Tenía aspecto de un honrado ciudadano de Tartaria, pero su rictus era más bien del tántalo.

—¡No paséis de largo!, le dijo en un aparte, Fahed a Akram, en voz baja y tapando su bpca con la mano. Es un museo. Pararos y comentar los cuadros. Recuerda que habrá cámaras, agentes y quizás micrófonos, ordenó Fahed a Akram. A la mínima nos largamos. Y, cuando terminemos, acuérdate de comprar otros dos teléfonos. El leopardo y su sirviente cambiaban prácticamente cada día de teléfono. Sabía que estaba siendo rastreado.
—Masha'allah, contestó Akram sumiso.
—¡Thierry, Jaqueline, ya teníais que estar en la cafetería! Les grité por el pinganillo. Irán donde haya más gente. ¡Thierry! ¡Hay un mini que no funciona! Eran micros uhf de larga distancia.
— Ça va, Ça va, se les oyó murmurar… ¿Mais de quoi parle le virginian?

Tratando de no levantar sospechas se detuvieron delante de los cuadros, tal y como había ordenado Fahed. Jules comentaba a Akram la luz mediterránea de Sorolla, el pintor español, aquel caballo blanco saliendo del agua, dicen que el pescado es caro, aquellos niños y mujeres en la playa, la elegante mujer con su sombrero. Pero sí se detuvieron, porque lo reportaron Thierry y Jaqueline, ante unos pescadores cuidando sus redes. Aquellos pescadores, dijo Thierry, podían representarnos perfectamente a nosotros.

Pasaron a la derecha a ver los impresionistas, Monet la catedral de Ruan, podríamos quedar otro día allí dijo Jules, conozco sitios que os gustarán, uff mira esto, "el gío", las barcas, las velas, dijo Martin, y los paisajes luminosos de Argenteuil por donde Mäel siempre nos cuenta que su madre le llevaba a pasear.

Hasta que llegaron al cuadro que Jules quiso enseñarle a Akram, "Los acuchilladores de parquet", de Gustave Caillebot", unos jóvenes trabajadores colocando un parquet. Representaba por un lado a los trabajadores, según Jules, y por otro a ellos mismos colocando el parquet que iban a poner en el Tabou.

—Akram se quedó en silencio mirándolo con detalle. Después de unos segundos sin parpadear, dijo ¡qué interesante!

Caminaron hasta la cafetería y bajo otro precioso reloj en forma de ojo de buey con vistas al Sena hablaron de los pormenores del evento. Camareros extra, proveedores, limpieza, publicidad, carteles, anuncios en redes sociales, etc…Akram, que hablaba francés perfectamente, dijo que su primo podría patrocinarla, al menos en parte, pero por supuesto su identidad no podía figurar para nada, a cambio de un pequeña contraprestación. Tuvo momentos de complicidad con Jules aunque fuese hablando sólo lo estrictamente indispensable. Y según Jaqueline Akram llegó incluso a relajarse, sonriendo en ocasiones incluso llegó a confesar que a él también le gustaría quedarse a estudiar en Paris.

—Nosotros conseguimos la financiación donde podemos, asintió Jules. ¡Para el partido, el sindicato y para la fiesta! ¿No lo hacen los deportistas con sus patrocinadores?
—De pronto Fahed dijo: "Tenemos que irnos". Y abandonaron Orsay deslizándose lentamente entre la muchedumbre.

Palacio de Justicia: Cuando llegó su turno durante los interrogatorios, Martin Terrier entró en la Sala de vistas sintiéndose como un toreador de los que alguna vez había visto en Marsella. Todo el mundo le miraba y aún continuaba en la Sala el murmullo que había causado la declaración de su amigo Jules Cambord. Había mencionado lo que los jóvenes habían acordado evitar en la medida de lo posible: la conexión del grupo con la víctima Oberón Dubois y la financiación de la fiesta.

Lo más chocante fue que, abriéndose el melón de la financiación, sólo el abogado de la acusación se ocupase de traer a colación las pepitas aportadas por Akram Wahhab y Fahed Khadid. Al Tribunal solo parecía importarle la víctima, lo cual es loable desde el punto de vista humano pero a mi me resultó extraño.

No podía ser que a aquellos Magistrados se les escapase todo lo que había sucedido poco antes de la muerte de Oberón Dubois. El maldito contexto. Quizás los virginianos pretendemos imponer a veces sin querer nuestro ingenuo modo de ver, pero es el único que tenemos.

El caso es que el marsellés salió indemne del intento de cogida de maître Vergemont, con una suerte de lances certeros que me explicaría luego Marion, a la que le gusta tanto España. Primero por chicuelinas, cuando nada más entrar y pisar la alfombra azul, tras serle preguntadas por el Presidente las generales de la ley y sin darle tiempo a ver a bien a Napoleón al fondo con la corona de laurel y el código napoleónico le embistió Vergemont buscando sacar de mentira verdad:

—¿Así que a ustedes recibieron financiación para la fiesta?

—Sí, tuvimos patrocinadores…

—¿Recibieron ustedes dinero de la víctima? A lo que Martin se limitó a contestar con un natural, No. Estaba seguro de que materialmente él no había recibido nada.

—¿Conocía usted, nos ha dicho su amigo Jules Cambod, a Akram Wahhab?

—No señor. No conozco a ese señor. Esto ya era más bien un pase de pecho, más arriesgado, de espaldas, porque no sabía qué testificales podían situarle en Orsay o en cualquier otro lugar junto a los terroristas.

— Sabe usted que puede incurrir en un delito de falso testimonio, le dijo el Presidente del Tribunal, que algo de toros debía saber.

—Que se deduzca testimonio pidió la acusación, por si la declaración del testigo pudiera constituir un delito de falso testimonio declarado en juicio.

Al salir de la Sala, a pesar de la bravata de la acusación, Martin resopló, igual que al salir de Orsay, donde quizás algún detective o informador de Vergemon habría podido situarles.

Akram, correcto y educado aunque parco en palabras, era compañero de Jules en el posgrado de sciencespo. ¿Por qué todos tienen aquí una herida en la piel? le preguntó. Se refería a los tatuajes que llevaba Jules y algunos otros compañeros. No entiendo esos tatuajes que lleváis puestos, le decía a Jules que llevaba una hoz y un martillo en el brazo cerca del hombro. Es como autolesionarse por algo. No entiendo. Ponerse las cicatrices antes de haberlas sufrido.

Con su comunismo de salón subvencionado por migajas de Moscú, Jules pertenecía a una organización de izquierdas que tenía ideas extravagantes sobre casi todo. ¡Hay que pillar colectivos,! decía. Durante aquellas clases a las que el sirio acudía esporádica y siempre inesperadamente, Jules era mucho más extremista que Akram, correcto con sus compañeros y que salvo en alguna reunión en el bar al salir de las clases, solía permanecer callado, no exteriorzaba casi nada y dejaba el extremismo para sí mismo. Cierto que en el tête a tête con Jules había hablado algunas veces de la convivencia entre las religiones.

De hecho Akram había coincidido en una ocasión con Mäel y Cloe en Notre Dame y otra vez en la Mezquita. Ya entonces estábamos encima de ellos pero al abandonar la mezquita, después de un breve rezo, Jaqueline advirtió que habían confundido los tenis blancos.

Capítulo 12

La noche del Tabou

La noche del Tabou, venía de una cena especial con Marion en la Tour d'argent interrumpida por un anuncio de "Vigiparate". Aun contrariado por el imprevisto, al entrar en el Tabou quedé impresionado por los acabados de aquel magnífico establecimiento. Del antes y el después de los trabajos de los jóvenes de Rue Madame en aquel local del Boulevard Saint Germain, que yo sólo conocía abandonado y de paso. No le faltaba detalle. La ambientacion era de lujo. Me había sentado en un lugar discreto detrás de unas violetas africanas, a la espera de ver: "propios" o enlaces, los muchachos de Rue Madame; "extraños", las visitas sirias que esperábamos; y "nuestros", los compañeros del Servicio. En seguida llegaría un grupo dando voces y risotadas, lo que me incomodó: Una cosa es la igualdad y otra la falta de educación de todos.

— ¿Un Bellini de aperitivo Señor?, me preguntó el camarero.

—No. Tráigame por favor un cardhu sin hielo, por favor, le dije mientras hablaba con uno de nuestros hombres que estaba en la calle. Llamé al camarero. Me lo había traido con hielo. Cogí entonces una servilleta para sacar el hielo y otra para escribir la frase interceptada por la Central a Rasul, el moderador de Rue Madame, "Puesta de sol en la plaza de los Vosgos".

En el Marais y la plaza de los Vosgos, suelo disfrutar los estupendos desayunos de Fragments, el Museo de Víctor Hugo y a la terraza de "Au top", un restaurante con vistas preciosas, pero cuando hay puesta de sol en Paris me gusta estar cerca del Sena. Aquella de la puesta de sol podía ser sólo una frase, sin más, pero me daba mala espina. Lo anoté en una caligrafía indescifrable que aprendemos al llegar al Servicio antes de que por la grafología nos enseñen a romperlos inmediatamente.

Se fue la luz. Sólo una pequeña parte del local, la más alejada de las cristaleras quedó en una cierta penumbra. Pronto empezamos, pensé. Pero aún entraba la luz de día a través de las grande cristaleras que permitían la visión de un Boulevard crowded, abarrotado de gente.

Unos minutos después, tal y como convenido, llegó Gerard, con su cazadora de cuero y sus pantalones vaqueros rotos de siempre. Debía ser él, el del apagón, haciendo pruebas. Nos ignoramos. Se fué a la barra, pidió permisos y licencias e inspeccionó el local sin dejar rincón alguno incluídos altillos, almacén y servícios.

—Ya estuvo aquí la Municipale, gesticuló Martin con sus gafas vintage. ¿Quien es usted?

—Imagino que es usted el organizador de éste sarao. ¿No es así? Le contestó Gerard con la pregunta habitual.

—Sí, dijo. Bueno somos varios,....¿y usted?

—Gerard. Se limitó a mostrarle una acreditación. Inspección rutinaria. En principio, pueden seguir con las limitaciones acústicas que ustedes conocen.

—En este pais quieres "emprender" algo y todos son pegas y papeles, contestó Martin.

En realidad la inspección no era rutinaria. Ni acústica. Aquella fiesta costaba un dineral pero ni eso ni el Sars—2 eran el motivo de nuestra presencia. Gerard permaneció callado. No estábamos autorizados a dar ninguna información.

Llevábamos meses siguiendo a los jóvenes de Rue Madame. Desde que empezaron con lo de la fiesta. Aunque en realidad dos de ellos Mäel y Cloe no vivían en la Residencia, lo que obligaba a duplicar los efectivos y los esfuerzos.

Gerard recorrió el local examinando los filtros de aire, pero llevaba encima un sofisticado detector de explosivos con micropalancas de silicio, una de esas narices electrónicas con múltiples sensores que los franceses desarrollan en el Alto Rhin, con el que examinó todos los rincones del local, baños, altillos, incluidos el piano y los instrumentos colocados para los ocasionales espontáneos. Luego, para no levantar sospechas, Gerard dejó en su lugar a Eduard, un "colaborador", que a su vez, llevaba un chaleco—scanner capaz de detectar cualquier tipo de explosivo entre los invitados.

Una vez fuera y desde una furgoneta aparcada en el Boulevard, Gerard tomó con su equipo el control remoto de las cámaras de seguridad del Tabou, lo que me hizo llegar enviándome un enlace al móvil, que sería determinante para controlar el local aquella noche.

Gerard es muy bueno y muy eficaz en lo suyo. Pero más raro que un perro verde. En la pista de baile había ya decenas de invitados tratando de espantar las prohibiciones y los miedos del covid—19, entre ellos Jacqueline y Thierry, de la DGSE, mimetizándose con toda aquella gente tan variopinta. Tal y como Martin habia anunciado sonaba "Hoy puede ser mi gran noche".

—Por supuesto no nos relacionábamos entre nosotros, salvo muy discretamente a través de pinganillos bien ocultos.

—¡Han estado aquí esta noche!, dijo Gerard, revisando la salida de la alcantarilla, una boca de las cuales se había movido no hacía mucho justo a la salida privada que daba a la calle, en la pared trasera de la barra, pasado el almacén. Se refería a los terroristas o sus colaboradores.

—Gerard, échale un vistazo…¡Celarié, échele una mano!

Mientras, dentro, los amigos de enfermería de Martin acostumbrados a verle por los pasillos del hospital, se acercaban a la barra y bromeaban. ¿Pero Apostrophe, eres empresa?

—Ese gin tonic majadero! Y el Bellini! Que no te enteras! Ja ja ja…

La gente comenzaba a tener vocabulario reducido, exclamativo y entonación de fiesta. Insistí mucho en la concentración pues las variaciones del escenario que teniamos ante nosotros podían ser muchas y sucederse de un momento para otro:

—"Integrarse en el ambiente, no distraerse".

En eso se formó un revuelo a la entrada. Coincidió un grupo de unas quince personas que acaparó la atención. Un aficionado senegalés advirtió que eran conocidos futbolistas de los blues, —yo no conocía a ninguno,— y unas chicas o modelos llamativas que debían ser sus mujeres. Unos metros detrás Silvye Pinord, una conocida presentadora de tv5 monde y una actriz que, al parecer, estaba muy de moda Ivette de Cabessier, con sus acompañantes.

Thierry, que hablaba en la barra con Mäel, escaneaba el grupo con la mirada. ¡Vaya movida copain! ¿Habéis visto lo que acaba de entrar? preguntó retóricamente Thierry, con Jules y Martin a punto de esguince cervical, sin quitar ojo de aquellas mujeres que jamás habían soñado recibir en su local.

—No sé si lo he visto o lo he soñado, contestó Martin. Pero no te pares..!
—¿No hueles? Sí. Huele a maracuyá.

Por el humo se sabe donde está el fuego, dijo Jules.

—Sí, pero te puedes quemar. Para eso vete mejor al museo del perfume de Fauboug Saint Honoré.
—Además, apostilló Apostrophe, que conocía a le Cabessier, una mujer es más guapa cuando no ejerce.
—Ahjjjaaaaa estalló en carcajada Jules!
—Nooo, idiota! Quiero decir, si no ejerce de guapa oficial.
—¿Qué dices?

Que si las mujeres no pueden salir de si mismas, —dijo el marsellés pretencioso sin dejar sus quehaceres dentro de la barra—, es probable que tampoco puedan entrar. Es difícil vivir luego, fuera de los medios. Como los peces no pueden vivir fuera de la pecera.

—Ya, dijo Jules, sin dejar de mirarla.

Desde el control remoto de las cámaras que a través de un enlace, Gerard había remitido a nuestros móviles, vimos el revuelo de los fans y los autógrafos al entrar en el Tabou varios grupos diferentes. Entre ellos podía estar "la visita", camuflada entre un cortejo de jóvenes que venía escoltando a los futbolistas entre risotadas desde sabe Dios donde. Advertí a Thierry, Gerard y Eduard para ver si los datos biométricos de los recién llegados coincidían con lo que estábamos esperando. Los blues, ocuparon una mesa preferente grande y pidieron cinco botellas de Moet Chandon. Al servirles Jules le pidió un autógrafo justamente a alquien que no era futbolista. Rieron….

La fiesta de la música en Paris es como antaño la de las cosechas o la vendimia, la más importante del año. Y la apertura del Tabou coincidió con ella. La mayoría eran invitados muy arreglados para la ocasión, como se exigía en la invitación. A pesar de los dramáticos sucesos de 2015, el Tabou, según sus organizadores, iba a ser el principio de un nuevo renacimiento para Paris después del maldito virus.

En medio de aquella cuidada iluminación competían los vestidos cocktail con otros de noche más largos, las lentejuelas con el raso y los escotes en las espaldas abiertas de los vestidos ceñidos de mujer. Entre los hombres los esmoquins con las corbatas, el negro con el blanco, los mil rayas claros con la raya diplomática, mezclados con atuendos más desenfadados. Tanto que en la puerta utilizábamos los atuendos de algunos para reforzar los controles de otros. Y los que obtenían el visto bueno de Eduard y sus ayudantes pasaban a ser conducidos o bien por camareros o por agentes, o una vez dentro simplemente por la música del DJ, un amigo marsellés de Martin, tan amante del fútbol como de la noche al que apodaban "el luciérnaga".

Jaqueline y Thierry bailaban con un par de copas a lo suelto en medio de la pista. Nada que les impidiese llevar a cabo su trabajo con escrupulosa profesionalidad, salvo algún que otro episodio aislado que no viene al caso. Jaqueline llevaba una chapa pin en la solapa con una grabadora con sonido 8G y una leyenda de una marca publicitaria, simpática pero discreta que ponía, ¡qué guapa estás hoy!, un atrapamoscas que nos resultó muy útil durante el baile.

Una de las misiones de Jaqueline en el Tabou aquella noche era distraer. Y en particular hacerme bailar a mí porque coordinaba el operativo. Y sobre todo, porque no sé bailar. Junto con Thierry vinieron a primera hora mientras yo aún hacía anotaciones en la servilleta con un bolígrafo cámara de tinta invisible que aquella noche apenas pude emplear. Al menos no tenía que hacer, como en Teherán, cuando empezaba en la Agencia, con aquellos mejunjes al baño Maria con arseniato de cobre, acetona y alcohol amílico, para que el vapor disolviese los materiales.

Aquella noche muchos se acercaban a Jaqueline con la disculpa de aquella chapa para decirle de todo. Desde ocurrencias simpáticas achispadas por los siete millones de burbujas del champán hasta ordinarieces y groserías que no pasarian de la primaria. Faite attention spéce de con! Los había bebidos y los había que no.

—Martin desconectó un poco de sus obligaciones mientras hablaba con Jules y otros dos individuos. ¿Has visto?

—¡Sujétame el pisco—sauer!, dijo, mientras iba hacia Jaqueline.

—Es un gin—tonic.

—Eso.

—A ti te he visto yo en alguna parte, le dijo Martin a Jaqueline, esforzándose mucho para no rular las erres. Y no hace mucho.

—Peut être. No sé. ¿En Ougadugu quizás? contestó Jaqueline, que no confirmaba ni desmentía nada.

Martin sonrió, pero era verdad que Jaqueline Duverger de la DGSE había estado en Burkina Fasso. Y aún más. Estaba en el Splendid Hotel de Ouagadugu en 2016 cuando entraron cuatro terroristas del Batallón de Al Morabitum, —Al Quaeda del Magreb,— y mataron a 27 personas, 19 extranjeros. Franceses y americanos logramos liberar a 176 rehenes. Jaqueline colaboró facilitando la ubicación de unos y otros.

—No perdáis de vista a éste, que tiene peligro, les dije refiriéndome a Martin. Dos estudiantes de Rue Madame habían contactado en más de una ocasión con los terroristas Akram Wahad y Fahed Kahid.

La operación "Anfleur", sin H, se había puesto en marcha porque detectamos que Akram y Fahed tenían algún tipo de relación con Michael Harpon. Destinado en la Prefectura de Paris, Harpon se había despertado el cuatro de octubre de 2014, según explicó luego su mujer, escuchando voces y ese mediodía mató en tan sólo unos segundos a cuatro funcionarios de la Prefectura, siendo finalmente abatido por un novato. Cierto que en este episodio había componentes de trastorno mental, pero el caso es que Akram y Fahed conocían a gente del entorno. De ahí la colaboración que Jaqueline y Thierry nos proporcionaría antes, durante y después de la fiesta del Tabú.

Jaqueline no era una agente que pasase precisamente desapercibida. Con aquellos cuarenta muy bien escondidos bajo un vestido palabra de honor azul, Jaqueline había pasado de conducir un 4x4 en Bamako (Mali), donde estuvo en el ataque al Radison, a incorporarse a la DGSE francesa en la lucha contra los yihadistas del Magreb y del Sahel, frente al Morabitum en Africa del oeste y concretamente en Uagadugu tras el secuestro de niñas de Boko Haram. De ahí pasó a acudir fiestas de alta costura en Beirut o vestir burka en Kandahar, el bastión talibán, con medidas que distraerían a cualquier inteligencia. Todo con la misma profesionalidad y adaptación al terreno y a las circunstancias.

Su compañero Thierry, también de la DGSE, era un tío divertido. Lo menos parecido a un agente de inteligencia y, quizás por eso, el agente ideal, aunque sus métodos me planteasen a veces algún que otro problema. Aquella noche se puso morado de hojaldres de anchoa, canapés de salmón y canastillas de ensaladilla rusa. Era quien había seguido los días previos a los jóvenes de Rue Madame. ¡Menuda liada hay montada cé soir! En una de las primeras reuniones de la "Operación Anfleur", cuando se determinaron las escuchas y el seguimiento, le sonó el teléfono con la sintonía de una canción de moda. Era su mujer. Y Thierry contestó: "En este momento nuestros agentes están ocupados. Le rogamos se mantenga a la espera. Y si no, vuelva a llamarnos en unos minutos".

A veces provocaba la risa de los compañeros en situaciones límite. Pero su curriculum hablaba por él. Había participado en misiones en Colombia, Irán, Corea.. pero, por lo general, Jaqui y él se habían podido comunicar entre ellos en sus diferentes destinos, con dispositivos para no detectar su ubicación. Thierry era de esos tipos que llevan la alegría allá donde van. Lo contrario de "nuestros extraños",. Adonde iban desaparecía y sólo volvía cuando se iban.

Capítulo 13

Extraños en Paris

Poco antes de las nueve de la noche, los gascones de Rue Madame hablaban entre ellos detrás de la barra sin dejar sus ocupaciones, con balletas, vasos, frutas y hielos.

— Pregúntale al gigas si puede ir", le dice Martin a Jules:

—Yo me puedo encargar de ello, dijo Jules. Tengo un amigo que hace trabajos "delicados". Pero limpios.

—Martin sonrió.

—¿Por qué sonries?

—"Porque nuestro envío no habría aún llegado a su destino y ya estaríamos los cuatro en el talego".

—Él no puede, que lo hagamos nosotros no es seguro, y dos horas después de que salga, lo sabría Paris entero.

Martin decía que los de Rue Madame estaban dispuestos a dar la vida por los otros, pero eran incapaces de preguntarse cómo estás.

—Lo haré yo, dijo Cloe. Me gusta viajar.

— Ahí va la Jalalá..! trató de pararla Martin…

—Tú no puedes abandonar el campamento.

— Precisamente por eso.

Pasados diez minutos de las nueve Gerard avisó por el pinganillo que Cloe salía del local. Cecile Celarié, de la inteligencia interior francesa, (DGSI), que ella llamaba simplemente (SI), repitió por el pinganillo para los agentes de fuera: Estatura media alta, pelo rubio. Lleva pantalones vaqueros, blusa blanca con bordados y zapatos azules con un poco de tacón. Pulsera y gargantilla fina con motivos que según Celarié detalló, parecían pequeños candados de colores. Allá va la Jalalá! levantó la voz Martin.

¡Va echando un vistazo al recorte de Le Monde que le entregó Akram en "Les Deux Magots" esta misma tarde, antes de abrir el Tabou!
—No la pierdas de vista ni un segundo. ¡Cambio de planes!
—¡Bien sûr! Se oyó por el pinganillo.

Ahora no es como antes. Con móviles y auriculares, salvo casos ocasionales, ya nadie se extraña de que la gente vaya hablando sola por la calle. Un rato después salió Jules hablando tambien por teléfono, acelerado como tantas veces, detrás de Cloe.

Cloe pasa un momento por casa en Rue d'Assas. Cambia los zapatos zules por unos playeros blancos de marca. Abre el buzón que aún viene a nombre de Judith Menier, su abuela y sale en seguida en busca de "los demás buzones".

Camina rápido con sus deportivas blancas en dirección a Odeón. Paris huele a azufre. Llega hasta el callejón empedrado con los adoquines de La Ancien Comedie, pasa delante del Restaurante "La Procope", adonde acudían Voltaire y Diderot y Benjamin Franklin comenzó a escribir la Constitución americana. Suena la música de un grupo amateur, y el alcohol provoca ya pequeños agravios y alguna que otra afrenta.

Celarié, que lleva una cámara en un pendiente, refiere la entrada de Cloe en el último café de la izquierda en cuya pizarra aún reza el menú del día: Entree + plat + dessert: 13,00 euros, Brushette a lóeil avec Mozarella, Moulin mariniers., dessert. Mira en derredor antes de atravesar la puerta, y tras la cristalera pregunta por alguien que tarda unos segundos en aparecer alto y con barba. ¡Atenttion Celarié, Jules va para allá! No pasan dos minutos cuando a través del pendiente cámara de Celarié se ve llegar a Jules corriendo a lo largo de la calle con el pelo recogido en una coleta.

El gesto de sorpresa de Cloe se ve a través de la parte no biselada de la cristalera. Desde fuera las sombras aparecen y desaparecen. Cloe deja las deportivas blancas a la entrada y entra descalza. ¿Qué haces aquí? le dice a Jules. No le da tiempo casi a responder a Jules scuando un hombre de barba que debe ser el padre del compañero a quien Jules esperaba encontrar allí, transmitía Celarié, se fue hacia él gritándole. La imagen llegaba distorsionada.

—No se mueva Celarié.

Jules estaba allí un poco por el reclutamiento y un poco por Cloe. El hombre parece reconocer en Jules al hombre que estaba lavándole el cerebro a su hijo con lo de aquel extraño viaje a Homs. Aquello parece subir de tono. Apareció su hijo, el amigo de Jules, casi un adolescente. El hombre primero levanta el brazo como empleando un tono admonitorio y luego empuja a Jules contra los cristales del local. A la primera retumbaron pero no quebraron. Pero a la segunda la cristalera se hizo añicos y a la tercera no pudo contener el peso de Jules que vino a dar al callejón a través de la ventana que rompió en mil pedazos de hielo, como cuando las siluetas atraviesan los cristales en las viñetas. No se ha matado, responde Celarié, porque es un bajo, pero está en el suelo con la cara superficialmente ensangrentada y milagrosamente incólume, cuando cualquiera hubiera salido medio muerto si no muerto entero. Finalmente el hombre mayor, saca unos papeles de un aparador, los mete en un sobre y acto seguido le hace un gesto a Cloe para que se vaya.

—"Jules tumbado de un golpe en el callejón", transmitió Celarié.
—Sale tambien Cloe, que intenta auxiliarle. No parece grave. Él queda en el suelo. Ella enfila de nuevo el Boulevard Saint Germain,! dice Cecile.
—No la pierda Celarié!. "La jalalá" tiene que llevarnos hasta ellos.

Los zapatos de Praga funcionan correctamente. Tenemos audio y geolocalización.

A continuación Cloe pasa por el Hotel de Pont Royal, registra el hall, luego el bar y la galería acristalada que da al jardin. Dos hombres con aspecto de profesores levantan la mirada pero aquella tarde no parecía que estuviese la persona que Cloe esperaba encontrar. ¿Busca a alguien? Le pregunta el camarero.

—Sí a mi tío.
—¿Por lo del viaje? Soy yo, contesta seriamente el barman, un tipo fornido pero afable de tez morena y unos símbolos indescifrables tatuados asomando por la pechera de la camisa.
—¿Se va de vacaciones?
—Una temporada.
—Gerard grita: ¡Celarié, no se ve nada!, …

Celarié corrige su posición desde el hall del Royal y la butaca circular roja que hay en el centro.

El barman pasa detrás de la barra y de una de las estanterías con vasos altos sacó un sobre del cual extrajo una foto de carnet y un papel en cuyo reverso figuraba las letras HOMS, sobre las cuales puso media firma. De ascendencia siria a Osmand alguien en la mezquita le había hablado del viaje al Sham, "la gran Siria". Cloe se limitó a decir Buen viaje, dió media vuelta y se fue sin más. Según Celarié aquel camarero tenía físico de deportista, pero no aspecto de yihadista.

Al salir, junto a la estación de Pont Royal, un grupo de aficionados templaban sus instrumentos, contrabajo, trompeta, flauta y saxofón, en un escenario improvisado, un quiosko de prensa verde que ofrecia crêpes, gaufres, ice creams. Pero pasados cinco minutos allí no aparece ningún contacto.

Celarié informa de nuevo: ¡Allá va la Jalalá! habituada a moverse rápido por su trabajo a tiempo parcial enseñando pisos para una agencia inmobiliaria desde la que, en una conversación registrada, habia tratado de contactar sin éxito con la mujer de Mustafá, para una cuestión profesional, según diría luego en el juicio.

Creo que se dirige al barrio latino, dice Celarié tratando de anticipar, pero finalmente Cloe cruza hacia la île de Saint Louis donde esquiva con destreza la gran animación de un grupo de charangas y pasacalles donde Celarié encuentra obstáculos y dificultades para seguirla. Después de un cierto desconcierto entre aquella marea de gente, comunica por el pinganillo: ¡La Jalalá de nuevo a la vista!

—Cruza puente de Sully. Dirección Bastilla.

—"Puesta de sol en la plaza de Los Vosgos".

La plaza arbolada, en el antiguo barrio judío del Marais, uno de los más bonitos y exclusivos de Paris, aparece citada repetidamente en los rastreos y escuchas de la "Operación Anfleur", sin h, y hacia allí se dirige Cloe a través de las preciosas arcadas de la plaza más antigua de Paris.

—Desde "el pendiente" de Celarié, tan nerviosa como precipitada pudimos ver que Cloe recibía una llamada que no pudimos intervenir. Tras unos segundos se asomó a "Chez Marianne", un conocido restaurante cubierto enteramente por una enredadera. ¡Sabe que estamos ahí!, le dije a Celarié, Va pendiente del retrovisor. ¡Trata de despistarnos!. Subió luego las escaleras de la terraza de "Le Perchoir". Tampoco vió a nadie ni nadie la reconoció. La referencia captada era "plaza de los Vosgues", pero ningún establecimiento en concreto.

Pero al llegar a Au top, con una barra enorme y una terraza con unas vistas desde la que se ven los tejados y los cielos de Paris, con luz por los cuatro costados, se estaba poniendo el sol. Estábamos más cerca de nuestras señas y nuestro objetivo. Las vistas que nos proporcionaba la cámara—pendiente de Celarié eran buenas. Gire un poco más Celarié. Había bastante gente aquella tarde de junio. La puesta de junio, espectacular.

—Un hombre de espaldas vestido con una cazadora de cuero y pelo más negro aún que su cazadora esperaba a Cloe. Era Akram Wahhab, el compañero de Jules. Celarié, se había sentado unas mesas más allá, con su cámara, su pinganillo y sus zapatos de Praga.

Un hombre, en la mesa de al lado, en camiseta blanca, de aspecto caucásico pelo rapado, musculoso y tatuado fumaba un cigarrillo. ¡Está prohibido!, dijo Cloe, que pretendía llevárselo de allí, para ganarse de paso la confianza del terrorista. Aquel hombre continuó echándole el humo deliberadamente sin citar contraseña alguna, ni dirigirle siquiera la mirada a pesar de que las mesas estaban pegadas. Cloe tomó su actitud como un desafío y después de advertírselo sin que aquel hombre moviera un solo músculo de la cara, la Jalalá se dirigió a la barra con ademán de dirigirse al encargado, segura de que aquel hombre no querría problemas con la policía ni la justicia. De facciones duras y un corte en la cara no llevaba más que una camiseta y un chaleco encima, del que salían brazos enormes llenos de serpientes en movimiento que parecía vivas.

Al volver a su mesa miró al caucásico con rostro serio, Cloe comenzó a jugar con sus zapatos a medio descalzar. Aquel hombre se arrimó. Y Cloe terminó por quedarse descalza sobre aquella terraza. A pesar de los esfuerzos de Thierry Cloe no vivía en Rue Madame y cambiaba mucho de calzado. Era casi imposible colocarle unos "zapatos de Praga". Se conoce que no le gustaban. Pero, por si acaso, se descalzaba. Perdimos en aquel momento el sonido directo y nos quedamos solo con el de Celarié, a la que pedimos se moviera por la terraza.

—¡Espera rubia! Se dirigió aquel hombre a Cloe.
—¿Por qué vas descalza?
—¿Tu eres de la agencia de viajes, no?
—¡Quiero ver al "conductor"!
—Lo tienes ahí.

—¿Ese es el conductor?

—Sí, ¿Te lo presento? Pensó Cloe mejor, buscando cualquier información en el intercambio de aquellos hombres.

—Aquel caucásico se acercó a Akram, a quien Cloe ya conocía de, "al menos", Aux deux Magots y Rue Madame. Akram se había quitado también los zapatos como en una mezquita, colocándolos a un lado. Yo creo que también pensaba en Praga.

—¿Tienes lo que te pedimos? Le dijo Akram a Cloe

—¡Tiene que ser hoy!

—¿Cuando sale el viaje?

—¡Puede que hoy!

La frase retumbó en el micrófono de Celarié y en nuestros oídos. La noche en el Tabou prometía ser animada.

—No te conozco, dijo el hombre de aspecto caucásico...

—Yo a ti sí, dijo Akram.

—¿Quieres el billete?

—Escribe tu nombre.

—. Kush

—¿Destino? Preguntó el hombre.

—¡Qué más te da! ¡Vas a entrenar! Contestó autoritario Akram.

—¿Tienes algun documento?

—De eso no llevo encima.

—¡También vas a viajar! levantó la voz Akram.

—Llévalo al Tabou esta noche. Boulevard Saint Germain y me lo das a mí o a esta chica o lo dejas en la barra. Yo lo recogeré.

—Te avisarán.

Sin más contemplaciones retirándole la mirada, lo largó de allí mientras Akram miraba el desempeño de Cloe, a la que le reiteró la urgencia:

—Lo sabe Jules. Nosotros cumpliremos la parte del trato esta noche. Espero que la relación esté ultimada. Nos vemos allí. Se refería al Tabou.

Akram se fue rápidamente del lugar acompañado de dos hombres. Después de bajar las escaleras, Cloe aún entró en un negocio de comida rápida donde además de recoger unos canapés leyó una flecha de madera colgada en la pared donde decía, "Sunset Beach". "Puesta de sol en la playa", Era una habitación tabicado con una mesa del fondo y olor a especias y hamburguesas donde estaba sentado un joven de pelo rubio y lacio, sin sitio en el cuerpo para un tatuaje más. Después de acercarse y saludarse con cierta precaución Cloe se sentó un momento.

—¿Gilbert?
—¿Quien pregunta por él?
—Soy de la agencia ¿Por fin vas de viaje?
—¿Qué viaje?
—Homs Gilbert, ¡Estoy apurada! ¡Tengo prisa!
—Dame dos días.
—No los tengo. Esta gente presiona.
—Te lo diré en dos dias, contestó.
—Me lo piden para hoy.
—Esta noche en El Tabou, Boulevard Saint Germain.
—Lleva corbata.

—¿Los has visto en persona? Preguntó Gilbert.

—¿A quien?

—A Fahed Kadhid y su primo.

—Sí. Pero trata mejor con su conexión.

—¿Quien es?

— Ya te lo digo allí.

—Pasaré en persona.

Fuerte como un vikingo que parecía noble, Gilbert le entrega antes de irse un papel arrugado y unas llaves. Llévatela. Si me voy, quédate con ella. Eran las llaves de su moto de reparto.

Celarié reaccionó rápido. Echó un vistazo a los vehículos aparcados hizo un puente al modelo que le pareció más sencillo mientras Cloe metía los paquetes en el maletero de la moto y se despedía de su contacto. Después de esperar un momento salió detrás de Cloe.

A través del pendiente—cámara de Celarié vemos que a pesar de las restricciones hay mucho tráfico en Paris. Es sábado. Al llegar a Ópera Garnier Cloe aparca su moto. Mientras se acerca a las escalinatas ve un colorido grupo. Suena su móvil. No contesta nadie. Parece buscar luego a alguien entre aquellos profesores de la Orquesta divertidamente ataviados para el dia de la Música con pijamas, pantuflas y gorros de dormir antiguos. Interpretan músicas muy conocidas y hacen chanzas ante el divertimento general. Cloe intercambia unas palabras con el hombre de larga barba que toca el trombón, que sacó con cuidado un papel pegado con celo del interior de la boca del instrumento y se lo entrega. En ese momento la Central intenta acceder al sistema para identificarlo.

Lo tenemos. "Abdul Darwish", de Al Nusra, más joven de lo que aparenta con su barba larga y canosa. Teléfono, IMEI y nº de serie. Durmiente infiltrado durante años en la inteligencia siria. Es un informador de Al Nusra y el Estado islámico. No es músico. Su extrema delgadez obedece a tres años de internamiento en "la Sednaya", siniestro y temido lugar de tortura donde el régimen sirio de All Assad tortura a los presos islamistas. Aquella tarde hacía de figurante en aquel divertimento de los músicos de la Ópera Garnier a las puertas de uno de los templos de la música clásica del mundo. Teníamos hasta su teléfono y su número Imei. Era como si la Jalalá huyese de nosotros y a la vez nos lo quisiese presentar.

A continuación Cloe entró al Hotel intercontinental, situado justo enfrente, con los toldos verdes y las placas doradas del legendario Café de la Paix, al que está unido y que preserva el estilo Napoleón III desde 1862, una institución de la vida parisina que ha visto pasar a Reyes y literatos. Durante un par de minutos, intercambió una palabras con la relaciones públicas, una española encantadora y políglota que la acompañó al café desde el Hotel.

Reconoció a un grupo y se sentó en aquella elegante semicircunferencia de terciopelo rojo rematada por una barra dorada, frente a tres butacones del mismo color donde tres hombres tomaban té caliente y croissants. Se saludaron y charlaron durante unos minutos. Uno de ellos le hizo entrega de algo que Celarié no pudo precisar porque en ese momento pasó por delante un grupo de japoneses llenos de bolsas. Pero gracias a una "Tía Minnie" posterior de Celarié vimos que la "sonrisa dedicada" de Cloe vencía a su "sonrisa seria", y por ella supimos que uno de aquellos hombres era Rasul Cheriff, el moderador de la Residencia. Coincidían en algunas comidas de la Residencia. Y luego comenzaron a verse sin coincidencias. Un tunecino moreno, tranquilo y académico, con blazier de ojo de perdiz y zapatos ingleses de esos con agujeros negros. Y una alsaciana rubia, testaruda, hiperactiva y muy organizada delgada pero con las piernas más fuertes que los principios.

Aunque los dos tenian frenos geográficos, culturales, religiosos y profesionales, se conoce que habían sufrido el fogonazo.

Según Martin, se habían encontrado a sí en el otro. Primero la electricidad con el fogonazo, luego la química, por fin la física, y pasando el amor por otro cuerpo tratando de que no les agotasen los sentimientos.

Rasul prometió a Martin que si volvía a traer a la Residencia a Cloe, trabajaria como camarero en la fiesta. No sabía donde se estaba metiendo porque para alguien sin experiencia una guasanga así es un curso de defensa personal detrás de una barra. Martin convenció a Cloe con la excusa de tratar pormenores de la fiesta. Luego se quedaría a los ensayos del grupo y el derrumbe de las torres de luz y sonido fue un punto de no retorno.

Con el estrés de la fiesta el primer enfado duró dos días. El segundo una semana. El tercero día y medio y por fin aprendieron a borrar las diferencias con goma arábiga y a tratar los desencuentros con disolvente.

Cuando entró Cloe, Rasul tomaba el té en el Café de la Paix, con Said Ali e Ibrahim Sisi, dos amigos tunecinos que acababan de llegar del Reino Unido. Al verlos, se mantuvo a la expectativa. Hablaban de política.

¿Hombre quién ha venido? Dijo Rasul no pudiendo esconder la alegría por el "encuentro". Colegas de la Universidad de Túnez.

—¿Nos acompañas?

En ese momento Said Ali se levantó le dio tres besos a Rasul, inclinó la cabeza, se llevó la mano al corazón y se fue.

— Espero no interrumpir.
—¿Esperabas a alguien? Preguntó Cloe.
—Si. A ti, contestó Rasul. Desde hace tiempo.
—Uff. Hoy voy a carreras, está siendo un día complicado. No es el mejor momento. Mejor mañana.
—Mañana dijiste ayer.
—Bueno, hoy no ha terminado.
—Me puedes adelantar algo o es "Tabou"?
—A Cloe se le escapó la sonrisa..
—No te rindes eh?
—¿Cual dirías que es tu principal virtud? preguntó bromeando Rasul.
—No meterme en conversaciones ajenas, dijo Cloe.
—No, si le preguntaba a Said, bromeó Rasul.
—Idiot! Pero a la vez qué mono, pensó Cloe, sabiendo que el mono complicaba mucho las cosas.

—Te veo luego en el Tabou, dijo Rasul.

— ¿Irán tus amigos? Ibrahim Sisi asintió con la cabeza.

—Resérvame un baile, dijo Rasul.

Celarié siguió la escena desde el pasillo que comunica el Hotel con el Café.

—¿Puedo ayudarle en algo? le dijo la directora española del Hotel Intercontinental.

—No gracias. Estoy esperando, contestó Celarié.

Detrás de los cristales dos hombres esperaban a Cloe junto a su moto. Uno tenía cicatrices en el brazo. Diez minutos después Cloe salió del café por una puerta trasera donde alguien en un Range rover negro la recogió sin aminorar la velocidad más que lo indispensable para que se subiera. Todavía era de día.

El Range Rover salió disparado inmediatamente por Rue de Scribe hacia el Boulevard des Capucines y la Madeleine. Aquellos dos hombres que la esperaban se subieron en un porsche blanco y salieron tras ella. En ese momento perdimos el contacto. Llamé discretamente al Hotel pero nadie me sabía decir nada.

La geolocalización los situaba en Boulevard de la Madeleine. A continuación Rue de Séze…

—Vienen para acá, dije.

—Van para allá, advirtieron varios de nuestros hombres apostados en el camino.

El GPS indicaba su paso junto a los locales comerciales de Zara y Fouchon hacia Rue Royale, Place de la Concorde, Cour de la Reine, Av de Nueva York, Puente de Jena, hasta el Carrusel de la Torre Eiffel.

De ahí por el Quai d'Orsay hacia el Boulevard Saint Germain, en quince minutos estan aqui, pronostiqué. Pero Cloe no llegó al Tabou.

Los dos hombres del porche blanco sí. Pero no metieron el coche en el parking que había delante del local. Aparcaron en doble fila. Eduard, que hacía guardia tras las cristaleras, los vió llegar. El copiloto se bajó y escudriñó la cristalera desde la entrada, tratando de identificar a Cloe entre el animado gentío que habia al otro lado. Pero al no verla a primera vista, volvieron al coche para buscarla. Después de dar vueltas a la manzana, localizaron el Rover tratando de ocultarse en el parking de Saint Sulpice, donde el Porsche se adentró también. Pero Cloe se habia bajado justo antes y caminaba ya con dirección al Tabou. No pudieron detener a la Jalalá.

Capítulo 14

La ebullición del Tabou

A las nueve de la noche "el Vigiparate" seguía activo y el GPS seguía señalando al Tabou, que alcanzaba ya más de la mitad de un aforo muy animado que venía de escuchar a músicos profesionales o aficionados repartidos por toda la ciudad. La tarea prometía ser complicada.

Riadas de gente bajaban por el Boulevard Saint Germain hacia los "edificios proa" de Haussman, los cafés que hacen chaflán, y la estatua del hombre transparente. Unos grupos inundaban las calles de aceras grandes y pavimentos lisos del Boulevard y otros se perdían por las transversales estrechas de pavé y pivotes altos protectores de los camiones de reparto. La gente se desparramaba por las terrazas de los cafés, los comercios enmarcados como cuadros, los affige de publicidad, las salidas de metro, las barandas de hierro negras de los balcones, las señoras con sus perros, la Iglesia de la Milagrosa y los fantasmas de Rue de Bac, el albergue d´Artagnan, y los almacenes Bon marché. Es el sexième arrôndisement. Aquella noche todo Paris parecía la Rue du chat qui pêche, la calle más estrecha de Paris.

En el Tabou sonaba música disco y Martin agitaba la cockterela preparando los pisco—sauers preguntando por Jules, cuando se acercó a la barra vestido de frac un espontáneo alto, no del todo sobrio, con el pelo hasta la cintura debajo de una chistera y pinta inconfundible de reventador de fiestas.

De pronto se vino al suelo todo a lo largo que era, pero ayudado por unos invitados sacó fuerzas de flaqueza, se estiró la ropa y trató de recuperar un aire digno. No hubiese pasado el control de alcoholemia ni para circular de pie. El típico que nos podía estropear la fiesta, la noche y la "operación Anfleur".

—Martin a Mäel: Gápido! ¡Quita a ese mamarracho de ahí! Mäel distraído como estaba con "la Bellas Aguas", dejó el hielo, salió de la barra y dio unos pasos hacia él. Cuando quiso acercarse, el tipo de la chistera, limpiándose las solapas del frac, hizo señas de estar sereno, levantó el pulgar y se ofreció con equilibrio inestable a tocar el piano. "El gigas", suspendido, se giró demandando autorización. Martin torció el gesto contrariado como diciendo, de perdidos al rio.

Mientras se preparaba, dio tiempo a que pasaran un montón de cosas.

En su afán de seguir a Cloe, Celarié había perdido sus zapatos en un accidente con la moto.

—Acabo de perderla, moto destrozada, estoy bien. No puedo seguirla. ¿Me oís?
—¿Necesitas ayuda?
—Me las apañaré….

Jules había vuelto de su encontronazo en la Rue de la Ancien comedie, con una brecha en la sien. El sistema informático instalado por Mäel fallaba. Mäel, junto con compañeros que hacían de camareros, no daban a basto a servir todas las copas y consumiciones demandadas. Estaban desbordados... La fiesta se les estaba yendo de las manos.

—¿Ya vino la Jalalá?

—¡Aún no!

—Martin, ¡tres gin tonics, un Bellini, 2 pisco—sauer, una orangina y dos botellas de Veuve de Criquot! para la siete. Para la 15, mojito, gin—fiz y un Bloody—mary, dijo Mäel. Y junto a la palmera baja de la izquierda hay 2 tipos de los que no les entiendo nada. Mira a ver tú que sabes extranjero.

—¡Joder "gigas"! Habla con las manos.

Tenían tanto quehacer que no podían siquiera saludar a los amigos que habían convocado. En uno de los viajes a la barra con parada en el vodka con naranja Mäel, que animoso repetía gritando ¡ez una fiezta! tropezó entre un remolino de gente con su amigo el bouquinista Gabi Mustafá, cuyas comunicaciones y conversaciones con Oberón teníamos intervenidas. El egipcio llegaba de elegante chaqueta y un moderno chaleco de colores.

—¿Has visto? Está ahí sentada la delantera del PSG.

Pero Mäel no era futbolero.

—Ayer fui a la puerta de la mezquita pero no estabas. Pensé que no vendrías, dijo Mäel.

—No me perdería una clientela como ésta. El Sena está esperándolos a todos. Traigo un montón de candados...Maël sonrió y preguntó:¿Y tu mujer? No ha podido venir. Muchos alquileres y un tráfico infernal, paisa. Tantos que hoy, por no volver conduciendo tarde, me quedaré en este hotel de aquí al lado.

Está a tope. Di que vas de nuestra parte. Habíamos interceptado conversaciones de Gabi, el bouquinista con Rasul el tunecino, respecto a la financiación de la fiesta. Y esa noche pretendía quedarse en un hotel cerca del Tabou. Nuestra alerta era máxima.

—Tienes al rey de los malos humos por ahí, dijo Mäel. Se refería a Oberón Dubois.

Además del chinche en su bouquin, conocíamos que el egipcio, misterioso y entretenido, tenía amistad con el dueño de una tienda de teléfonos móviles. Mustafá parecía un antifaz. Era otra preocupación más. Cada vez que se descorchaba una botella de champán cerca, o entraba un tipo imprevisible como el del frac, cambiaba el ritmo de nuestra respiración. Me acerqué a Mäel y después de intercambiar unas palabras de fiesta, le dije que si conocía a su amigo desde hacía mucho.

Me fui esperando que volviese a hablar con él para obtener dos versiones y nuevos datos, a ver si Mustafá tenía más amigos en la fiesta.

Además de la Gendarmería, a la que pretendiamos dar hecho el tema del reclutamiento y su financiación, fuera estaban preparados los de Operaciones especiales. Solo entrarían si hubiese un atentado, lo solicitásemos o perdiésemos el control de la situación. En principio pensábamos que los controles de la entrada deberían ser efectivos. Con el Vigiparate teniamos un amplio perímetro con varios círculos y hombres tanto en las calles aledañas. Desde Jardines de Luxemburgo, Vaugigard, Rue d'Assas y el Institute de Etudes Politiques, Rue de Rennes hasta Café de Flore; como en las bocas de metro en torno a Saint Germain des Près: St. Michel, Notre Dame, Odeon, St Sulpice, La Sorbonne, Les Halles, etc…

Pero para el caso de que los terroristas irrumpieran en la Sala con nosotros, había cinco agentes de las fuerzas especiales colocados en sitios estratégicos por si fuese precisa su intervención, con las imágenes que les habíamos distribuido.

En este oficio la experiencia te enseña que no debes dar nada por hecho. Debes crear oportunidades, engaños, ilusiones y encubrimientos, pero no dar nada por hecho, porque en un segundo te cambia todo y debes abortar la operación.

Nuestro objetivo inicial era impedir el reclutamiento de Al Nusra para Siria, identificar al leopardo durmiente y a su primo y a ser posible detenerlos, así como a cualquier otro miembro de su célula durmiente, hasta entonces no identificados. Pero estábamos preparados para todo.

Después de algunos titubeos y ayudas a su verticalidad, aquel espontáneo estrafalario parecía listo para su actuación o lo que fuere que fuese a hacer con el piano. Martin le hizo un gesto condescenddiente al "luciérnaga" para que bajara la música. Se oyeron murmullos y algún que otro silbido. ¡Estábamos alerta!. Mientras Eduard, pasó con su chaleco de última generación junto al piano yarias veces y, finalmente, nos hizo señal de que no había razón para la alarma.

No sólo era un virtuoso sino que al parecer era muy conocido. Respiramos. En el momento en que la gente pedía bises se levantó para saludar, comenzó a tambalearse y cayó sobre el piano. Segundos después se inició una pelea entre dos camaradas de Jules a los que la bebida no estaba sentando bien y tenían diferente opinión sobre el pianista.

Jules y Mäel requirieron la ayuda de Eduard y otro guarda de seguridad para sacarlos a rastras, a que continuaran fuera la reyerta. Como eran de los que legitimaban la violencia, se estaban dando a muerte. Jacqueline entró al baño y llamó por el pinganillo a la Gendarmería, porque nosotros no podíamos intervenir ni desvelar en la reyerta el operativo. No tardaron en llegar.

Celarié, compañera de la DCRI, había llegado del seguimiento de Cloe y jugaba ahora el rol de mi pareja en la fiesta. Aunque hacíamos ver que disfrutábamos de la fiesta, con viajes a la barra que aprovechábamos para "socializar" y bailes más bien lentos, allí había no pocos "colegas" que podrían descubrirnos en cualquier momento, si no lo habían hecho ya. Pero Cecile y yo habíamos pasado al tuteo porque pese a los inhibidores, aquello estaba seguramente infestado de agentes. Estábamos de servicio.

Una mesa más allá, un diplomático de zapatos ingleses y prudencia exquisita al servicio de su pais, pero sin olvidar al individuo, se divertía en el Tabou, liberado de las obligaciones y formalidades de su cargo como Secretario de su embajada, e intercambiaba con sus colegas perspectivas de sus países sobre el momento político internacional. En realidad estaban allí, fundamentalmente, para hacer frente a los fantasmas de Bataclan.

Celarié se sentó en mi mesa. Había vuelto con magulladuras del accidente durante el seguimiento de Cloe, pero estaba bien. Su actuación había resultado de lo más convincente, tanto que después de su primera copa, pensé que Cecile estaba yendo más allá. En realidad, según Jaquie y Thierry, Celarié estaba tan obsesionada con su peso, que había dejado a su novio para poder adelgazar del disgusto. Pasados unos minutos salimos a bailar a ver si detectábamos entre aquel enjambre algún movimiento extraño.

Sería cerca de media noche cuando el hombre que estaba en la mesa de al lado pareció conocerme, lo cual me incomodó sobremanera. Uff blown? Antes de que la situación se prolongara saludé sin más, tan cortesmente como me permitió el volumen de la música que pinchaba el luciérnaga en ese momento, y fue él quien imprudentemente, se dirigió a mí por el nombre. No podía creerlo. Era "un Dibuc", un fantasma.

Presentí que aquello se iba a complicar.

En medio de la operación "Anfleur" tenía que hacerles ver que no podía atenderles aquella noche. Traté de disculparme discretamente, pero un hombre de aspecto tartario me pidió que cogiera el teléfono. Hit the road! pensé, pero lo rechacé con igual amabilidad. No uso teléfonos ajenos salvo en casos de fuerza mayor o extrema necesidad. Temí fuera una trampa no tanto porque me fuera a explotar en las manos sino porque al cogerlo tendría mis huellas en el teléfono. Finalmente, hice lo que a cualquiera de mis hombres le hubiera costado una buena bronca. Y cogí el móvil, para quitármelo de en medio y que no me distrajera más.

—Diga. Al otro lado, una voz lejana pero cordial pronunció la contraseña: "Kahil, hijo de Naqueb". No era momento de saludos.

—"Creo que uno de esos personajes que siempre andáis buscando, le dicen "el leopardo dormido" ha cogido un vuelo esta misma tarde después de las cinco. Si ha pasado los controles a estas horas estará por ahí.

— Ok dije sorprendido.

Habíamos barrido la señal y confiaba en que la llamada no hubiese sido interceptada. Devolví el teléfono a su propietario con un leve gesto de agradecimiento. Y cambié de ubicación hasta meterme casi detrás de la barra. Pedí un pisco—sauer para que cualquier otra bebida sin alcohol no delatase que estaba de servicio, y transmití inmediatamente la información, empezando por los hombres desplazados en los aeropuertos. ¡Operación Jaula!, ¡Imágenes de las entradas de esta tarde, ya!

No buscábamos sólo a Akram y Fahed, cuyas fotos habíamos enseñado por todo el 6th. sexième arrondissement y teníamos en nuestros dispositivos con todas las recreaciones posibles e imposibles, sino también a sicarios de "La Mukhabarat", los servicios de inteligencia del régimen sirio de Al Assad.

Lo mismo hacían ellos en Siria. De cualquiera que quisiera incoporarse lo mismo a Al Nusra que al Estado islámico, "la Amminya", servicio de espionaje del Estado islámico, no sólo rastreaban sus dispositivos electrónicos sino que pedían informes a sus contactos en los paises europeos.

Conocimos luego por la Central, que buscando un billete por cuestiones de negocios para Kabul aquel mediodía Kahil, un hijo de mi amigo afgano de Camp Bastion, había acudido a una agencia de viajes, en el barrio de Candem (Londres).

Después de oir las protestas del cliente anterior, llegó su turno.

—No se preocupe, le dijo la empleada mientras buscaba el viaje. Esto no es nada. La gente es cada vez más exigente y tiene peores formas. Con esto de las tecnologías lo quieren todo para ayer. Esta mañana poco después de abrir, un señor tuvo una fuerte discusión con el Director. Aunque citó por dos veces Damasco, exigía plazas para Amán, "una lista de viajeros que él proporcionaría", sin facilitar datos ni referencia alguna y con una prepotencia, tono y coacciones realmente inusuales y amenazantes.
—"No despierte al leopardo"!, le dijo al director un hombre más joven que venía con él, explicaba la empleada mientras consultaba la pantalla.
—Sin duda, la chica de la agencia había quedado profundamente impresionada de la experiencia. Todavía tiemblo mientras lo cuento, dijo.
—Menos mal que se largó a Paris esta tarde.

El hijo de Naqueb mostró con respecto al leopardo y su ayudante la misma intuición que tenía su padre. Y sabiendo que yo estaba destinado en Paris me llamó, por si la información sobre aquel siniestro personaje podía serme de utilidad.

—No se imaginaba cuanto.

A partir de ese momento, en el Tabou, esperábamos la eventual aparición de los dos terroristas, Akram Wahab y Fahed Khadid, en paradero desconocido y a Cloe, que aún no habia aparecido tampoco de su excursión, aunque en principio no teníamos registradas conversaciones directas entre ella y los sirios.

Aunque estábamos preparados para cualquier eventualidad, en principio confiábamos en detectarlos antes. Por supuesto no íbamos a esperar que entrasen. Los detectaríamos en las calles aledañas con micrófonos biónicos de largo alcance en las bocas de Metro y calles aledañas. Pero They were very welcome.

Capítulo 15
El Tabou desbordado

El aforo del Tabou superaba todas las expectativas y ya superaba el que permitía la licencia de apertura. Esto correspondía a la organización, que estaba desbordada. La gente se agolpaba a la entrada atraída por la música, las luces, los vestidos de noche, la expectación de los alrededores y los famosos. Muchos entraban unos metros a fisgar por la novedad del local y se iban. Pero después de años de distancia y mascarillas, allí habría más de 400 personas. El sistema de aire acondicionado era moderno, pero comenzaba a haber un cierto olor a compañerismo mezclado con perfume caro. Es cierto que habia pequeños momentos de relajación, que aprovechábamos bebiendo tragos cortos de deja vues o gin fizzes "no espirituosos"l que se ocupaban de dejar cerca Eduard o Thierry. Pero al mismo tiempo, sabíamos que los momentos más difíciles de un operativo son aquellos cuando no sucede nada

Traté de entablar conversación con Martin, el jefe de todo aquel sarao. Era un tío simpático aunque con la tensión propia de la noche y alguna que otra copa. Me dijo que era marsellés. Hablamos del Olimpique. Saqué el tema de Bataclan tratando de obtener algo, pero lo esquivó. Hizo un gesto de pesadumbre y dijo: Espero que la inmigración ordenada y las nuevas comunicaciones faciliten lo que se nos viene encima. Disculpa, tengo que atender a mis invitados.

No era fácil distinguir las miradas limpias y alegres de las torvas. A un vecino achispado que creyó reconocerme le dije que no era yo. Y como cansino él insistiese, le tuve que decir que estaba ahí de soltero, y así quedó satisfecho.

Mäel golpeaba el hielo en la cubitera y cortaba limones, naranjas y melocotones para las bebidas.

La música estaba alta y había que hablar a voces. Lo fácil era estar en medio de dos o tres conversaciones.

—¡Ya esta aquí la Jalalá! exclamó Mäel.
—El día que descubráis todo lo que se puede hacer mientras se fríe un huevo, dijo Cloe, los hombres descubriréis un nueva dimensión.
—Si, chamuscag la casa, contestó a gritos Martin, mientras se alejaba.

Jules se acercó a la barra.

—¿Ver el fútbol y leer un libro, por ejemplo? preguntó Jules. Cloe entraba con unas bandejas con comida y un sobre que me pareció dejaba demasiado a la vista, que entregó a Jules.

De un momento a otro entran los sirios, pensé en ese momento.

Una vez colocados en bandejas fueron repartiendo aquellos canapés entre las mesas. Cloe se acercó a unas mesas muy concretas a ofrecernos como si estuviese en la sala de ámbar de Catalina de Rusia, ese jamón español que llaman Joselito que yo conocía en Madrid gracias a Marion. Algunos con copas de más, se tiraban como posesos generando algún que otro encontronazo con los organizadores y camareros.

Gerard había advertido de las alcantarillas de detrás del local como eventual salida o entrada previa o posible. ¡Joder! Llevo todo el dia diciéndolo, grité por los auriculares! Eduard no daba a basto.

Cerca de la enorme cristalera del Tabou, en medio de un grupo de tres o cuatro personas, un individuo permanecía agachado. Había dejado caer una copa de champán que apenas había probado y hacía ademán de recogerlo, una actitud impropia de un león, aunque estuviese dormido.

La muchedumbre que habia en el Tabou obstaculizaba la visión por parte de las cámaras de aquel extraño movimiento. Por eso no podemos depender ni confiar a ciegas en las tecnologías. Porque fallan. El instinto. El instinto es lo que no falla. Se puede equivocar, pero no falla. Observar, e interpretar, eso es lo fundamental. Aquel individuo parecía recoger los cristales del vaso caido, pero al mismo tiempo trataba de aumentar la holgura de un listado del parquet flotante que no había quedado bien instalado.

Aquel iba a ser "Nuestro primer extraño". Buscaba conseguir la suficiente apertura del listón a través de la cual llegar a conectar los cables y hacer detonar unos explosivos que el scanner no había detectado y que había colocado bajo el parquet uno de los acuchilladores del "parquet de Caillebot".

—Oh my god! Eduard!, ¡Rápido! ¿Cómo se os pudo escapar esa zona? ¿No escaneaste la zona? ¡Tapa eso ya!

Entre aquella muchedumbre desinhibida y sudorosa dando brincos a aquel "extraño" le habría dado tiempo a hacer conexiones entre los cables, si no hubiera sido por la intervención inmediata de Thierry, no porque llevase un micrófono ambisónico 3D con audio envolvente, sino porque se percató de la maniobra.

Según explicó técnicamente Gerard desde la furgoneta estacionada en el Boulevard, se conoce que el sensor no fue capaz de discriminar los explosivos de los perfúmenes que a pesar del aire acondicionado flotaban aquella noche en el Tabou. A pesar de colocar etiquetas químicas en los detectores, un método de detección eficaz o sensible tiene que ser capaz de detectar concentraciones por debajo de 1ng/l, dijo Eduard. Se vé que aquel no lo había logrado todavía.

Ordené Código uno. Los hombres que teníamos en los alrededores del Tabou, debían advertir cualquier sospecha de "extraño", terrorista o sicario, ya fuese en su aspecto o su intuición chequear el pasaporte covid a la entrada, aunque de los sicarios no conociésemos su eventual identidad.

El Tabou debía ser el queso de la ratonera para los organizadores del reclutamiento, no para los asistentes a la fiesta.

Thierry se había lanzado rápidamente sobre aquel extraño agachado…

—Pero por Dios, qué hace ahí por los suelos, ya lo recogerán, levante por favor, dijo Thierry, con muchas tablas, que se había acercado rápidamente a nuestro extraño arrodillado ante la suyas del parquet, para no echar al traste la operación y tratar de reconducir aquel gravísimo "incidente". Le presentaré a alguien divertido.

—Thierry lo puso en pie y le cedió en ese momento el paso, siguiéndole metro y medio detrás, entre la música ensordecedora..
—Tengo un "extraño", comunicó.
—Propósito abortado, dijo Thierry. ¡Eduard! Revisa y sella zulo parquet a 15 m de la entrada y cuatro de la barra, donde se aglomera la gente al entrar, a la izquierda. Espero confirmación de sellado. Entre aquella barahúnda, apenas se veía nada desde donde estábamos.

Mientras Thierry se ocupaba "del extraño", Jacqueline se había sentado con la excusa de descansar del baile y de su notoria pítima lo que motivó la llegada a mi mesa del Tabou de una bandada de estorninos festivos dando voces amortiguadas por el chunda—chunda de la música, que malamente acertaban a aterrizar en los sillones de al lado. Pero una mujer que ha sobrevivido en el desierto de Sudán, no tenía por donde empezar con las asechanzas de todos aquellos. En el desierto, dice siempre Jacquie, el sonido llega antes que la visión.

El "extraño Caillebot", que había dejado caer la copa de champán, trataba de zafarse de Thierry, que chocaba con ebrios y sobrios en medio de aquella multitud. Llegó la identificación de la Central. Se trataba de "Abdul Darwish", un infiltrado de Al Nusra en la inteligencia siria comisionado por los terroristas para distraer de su objetivo fundamental.

Mientras llegaba alguien "de mantenimiento" para sellarlo, el zulo "Caillebot" estuvo controlado, pero no podíamos montar un escándalo ni sacar los explosivos porque aquello era una maniobra de distracción. Eduard comprobó que era una cantidad pequeña y había sido colocada allí sólo para asustar a la fiesta y buscar con el desconcierto algún otro objetivo, que en ese momento desconocíamos.

No pasarían treinta segundos. Thierry se llevaba a Darwish, el "extraño" al que me referiré en adelante como "Caillebot", el gran pintor de Paris y de la escena del "Parquet" que tanto gustaba a Jules, y, por lo visto a los terroristas. Trataba de hacerse un pasillo dentro de aquella multitud que se quejaba airadamente y ya había perdido los concordantes, cuando retumbó una enorme explosión. Cayeron vasos y botellas de la barra, esta vez sin tirarlos. Algunos se agacharon instintivamente. Se fue la luz y retemblaron los grandes ventanales. Se oyeron primero gritos de mujer y luego voces de hombre, muchos se dirigían ya a la salida cuando acto seguido se iluminó el local desde fuera mientras del cielo caían en forma de estrellas los fuegos artificiales del comienzo del verano.

La "operación Anfleur", nada tenía que ver con "la operación Centinelle" de Bataclán, en la que habia intervenido la BRI, Brigada de Intervención Rápida de la Policía Nacional. La nuestra era una operación de inteligencia de varios países en busca de una célula durmiente de dos terroristas muy peligrosos con un propósito conocido: "el Reclutamiento". Independientemente de lo que pasase por el camino, aunque por el camino pudiese pasar por cualquier cosa.

El momento de los fuegos fue precioso, pero complicado, porque aquello podía desbaratar la operación. Había que dar codazos para moverse en aquella sorprendente soirée y eso iba a dificultar cualquier movimiento.

Traté de moverme hasta donde estaba Thierry, pero resultó imposible. Intenté contactar por el pinganillo con Eduard y no lo conseguí. Había tantas mujeres bellas como agentes de inteligencia. Apenas había sitio. Los únicos espacios eran los que hacían los ebrios en torno a sí. Era como si la gente quisiese eliminar "inconscientemente" todas las distancias y restricciones del covid al mismo tiempo. Subido a un escalón del escenario traté de contactar visualmente con Thierry y Eduardo y me quedé perplejo. Aún más que si hubiese reconocido al leopardo Faqued Kadihd en persona en medio de la Sala.

Junto al emir de Quatar y su comitiva, entraba en el local bajo un turbante verde esmeralda, la elegancia personificada, La Jequesa de quatar, justo en ese punto donde se detiene la elegancia, antes de precipitarse por el barranco de la espectacularidad. Pero la segunda impresión fue aún mayor. A su lado me pareció ver a una mujer rubia vestida de negro con la adorable elegancia de la sencillez que la acompañaba un par de metros por detrás. A medida que me aproximaba y apartaba la última de las hojas alanceoladas de la última planta que me separaba de los cataríes apareció, aquella mujer me parecía…¡Merde! ¡Marion!. Pensé que era una reminiscencia de la cena, porque apenas había mojado los labios en el pisco—sauer. Un deseo de que fuese cierto, Un deja vu! Yo qué sé. Pero en realidad me negaba a verla! No quería verla.

Parpadeé varias veces pero Marion seguía allí, ocupando una mesa junto al turbante color verde esmeralda de la belleza inmarcesible de la jequesa de Qatar, más elegante que bella. Seguí tratando de distraerme con aquella visión tratando de que la otra también lo fuera, "visión". La jequesa era una belleza oficial, de esas de las que se enamoran poco los hombres. Provocan sobre todo admiración, más incluso que atracción. Pero la admiración implica lejanía.

A medida que me aproximaba aumentaba las pulsaciones y cuando aparté por fin la ultima de las hojas alanceoladas de la última planta que me separaba de los cataríes apareció Marion. Awesome! Otro eufemismo. Yo a Marion la admiro mucho, pero durante aquella soirée en el Tabou tenía excesiva cercanía. No podía creer que se presentase en medio del lío que allí teníamos montado. El séquito del país del gas licuado saludó sonriente a los blues. Cierto que nunca le preciso a Marion mi lugar de trabajo o reunión, tan sólo la disponibilidad, la urgencia y la imprevisibilidad de mi labor, pero no era normal que ella trabajase un sábado por la noche, ni lo habíamos comentado durante la cena.

—oh my god!
—When it rains it pours! Los problemas nunca vienen sólos!

Contacté con Celarié para que se hiciese la encontradiza, a lo que accedió a regañadientes— Observé desde la distancia. Ya había complicación de sobra allí dentro como para que además apareciese Marion. Cecile intercambió con ella unas palabras y le advirtió con la expresión de que yo no andaba lejos. Según Celarié, la habían llamado de urgencia de la embajada para asistir como traductora en un evento relacionado con el fútbol. Intenté mirar a lo lejos durante segundos hasta tropezar con su mirada. Para que entendiera que había peligro y que no la quería allí. No sabría decir quien se sorprendió más en ese momento, pero encogiendo en algún momento los hombros me dijo que "tenía" que estar allí.

My god! El corazón me iba a cien.

Se sentó al piano otra voluntaria con aspecto de profesional. El luciérnaga debía conocerla porque quitó en ese momento la música y los asistentes callaron sorprendidos, como por ensalmo.

Comenzó a interpretar bandas sonoras conocidas. Las fieras parecían calmadas por el momento. Era un amiga de Martin, el marsellés, que suele trabajar en hoteles de la Cosa azul. La pista se llenó de parejas. Me dispuse a cruzar aquel océano de cabezas para sacar a bailar a Marion aunque aquello estaba infestado de agentes. Tenía que sacarla de allí a toda costa. Nosotros, por lo general, solemos reconocernos unos a otros pero cuando la cosa se complica puede ser agente cualquiera.

Noté movimientos extraños pero estaba concentrado en sacar a Marion de alli. Me tiraron una copa encima en el momento en que vi como "Caillebote" se acercaba y hablaba con Marion mientras ambos levantaban la vista a la vez para mirar hacia donde yo estaba.

Reconozco que aquella fue la primera vez que pensé, después de todas las prevenciones que había tomado a ese respecto durante mi carrera y con ella durante más de tres años, que Marion podía ser un agente. Lo cierto es que, enredando por esos mundos de Dios, —como se refería ella a mi trabajo—, había visto de todo.

Tardé aún aproximadamente un minuto en llegar hasta ellos después de pisar y empujar a cuantos encontré en el camino a los que dejé atrás a codazos y gritos discretos. Cuando llegué Caillebote ya no estaba. Ví que del bolso de Marion sobresalía la esquina de un papel blanco de la que tiré. "Caillebote" le había metido en el bolso una nota con letra de médico pero con la prescripción clara. "No saldrá de aquí". En ese momento no supe si se refería a ella o a mi.

—Hablé con los hombres de fuera. Pedí el baile. El séquito quatarí me miró. Algunos reían. No era como cuando el jeque Altani. No me sonaba ninguno. Eran más jóvenes. No sé lo que negociarían pero lo estaban pasando bien. Buscamos un sitio en la pista. Aquella noche que habíamos pensado bailar solos, estábamos rodeados de medio Paris, un montón de agentes de inteligencia y más frente a frente que en ningún otro baile que hubiéramos compartido.

—Me han llamado de la embajada. Un compromiso ineludible. No creo que estén mucho tiempo. Patrocinios del futbol mundial y eso. Comme un fait Express! Como si lo hubiera hecho a propósito. Parecía no entender muy bien ni la gravedad del momento ni lo que le decía. En el fondo estaba disfrutando con todo aquel sarao.

¿Y Caillebote?

—¿Quién?

—¡Ah, ese! Un tío muy serio. Me pidió amablemente que le presentase al Ministro de Deportes de Quatar pero en ese momento le di la disculpa cierta de que estaba al otro lado del local. La explicación de Marion no me pareció muy convincente.

Tuviese o no otro papel en la fiesta, le dije:

— Celarié te sacará de aquí. Tu padre está ingresado.

—¡Pero si no vive! ¡Pues tu hijo!
—¡Si no tengo! Da igual, lo que sea. Te vas con ella.

En momentos delicados las órdenes autoritarias, pueden ser menos efectivas que las que conservan la tensión pero mantienen la calma. Pero aquella aparición de Marion pronosticaba subidas del cortisol y los niveles de estrés por encima de los de Alepo.

La música lenta había calmado un poco a casi todas aquellas fieras pero las luces bajas dificultaban aun más la labor. En ese momento Cloe aprovechó para pasar detrás de la barra a la zona privada del Tabou. Unos minutos después volvió vestida, con un traje de noche rojo. A pesar de la multitud, los más cercanos no pudieron evitar volverse.

Se oyeron silbidos de los sanitarios de Salpêtriere, soldados de la epidemia, que acallaron la música. Dentro del subidón de adrenalina de aquella noche no cabía mejor tranquilizante. Salvo para mí, que después de la aparición de Marion, necesitaba una caja entera de lo que fuera.

Martin y Jules seguían ofreciendo champán y Bellinis entre elegantes modelos de fiesta como hacía tiempo que Paris no contemplaba.

—Tu vois çe jolie brune preguntó Jules? Angelina Jolie sí..contestó Martin.
—Sujétame el pisco—sauer.

—Es un gin—tonic.

—Pues eso.

—¿Qué lleva el Bellini? preguntó la embajadora noruega, una chica joven de raya diplomática y al parecer muy competente en los trabajos del Tratado de París sobre cambio climático, que comía muy finamente un canapé de anchoa, que le resultaba familiar.

—Muy suave, champán, zumo de melocotón y una gota de frambuesa. Martin repetía encantado la explicación a mujeres vestidas de firma, sanitarias vestidas de cocktail, PDG de la Defense, todas con la espalda abierta en el vestido y en el Tabou.

¡No se escucha nada, se oyó a Thierry! Siempre hay interferencias en el audio por muy sofisticado que sea. Igual que en las cámaras indetectables. Donde hay una nueva tecnología, hay un modo de interceptarla.

Ya he dicho que el momento más difícil de un operativo suele ser cuando no pasa nada.

Yo echaba un ojo de vez en cuando a mi celular para ver la reunión de los quataríes con los ejecutivos del fútbol mientras continuaba con lo mío. ¡Cécile! ¡Chercher la femme! Celarié, me hizo a continuación una relación que fue casi una disección anatómica—forense.

—Junto a la embajadora, la del traje chaqueta es Julie Lescout, periodista de Le Point, de internacional, a la que Marion había saludado. La semana pasada escribió un reportaje sobre la guerra de Siria.

—Sí, la conozco. Incisiva, le dije a Celarié. Sí, dicho muy diplomáticamente, contestó ella.

—El que está con ella es Theo Jollebé. Llevaba tiempo desaparecido pero acaba de publicar "Paris encore une foi", en ediciones Grasset o Gallimard, no recuerdo.

Un poco excéntrico a veces, cuando lo sacan en la tele y eso. No sé si es él o que ahora todo es espectáculo. Está en los informes de la "Operación Anfleur". Tiene amigos muy diversos en todos los bandos sirios. Dicen que ha estado incluso en casa de Basser Al Assaz.

—La del vestido very pery es Silvie Lassette, una de las editoras más importantes del pais. La encontrarás en todos los saraos de Paris. Y esa a la que Mäel ofrece una copa de champán, me la tapan ahora, Camille Chastain, es una conocida neumóloga martiniquesa de Salpêtrière. Es una invitada de Maël, que ha trabajado con ella durante la pandemia. La trae algunas veces en coche a casa desde el hospital hasta la rue Ferou, precisó Celarié. Pero él anda tras "la Bellas Aguas".
—¡Hombre, la calle de Athos!
—Esa misma.

Y aquella que revolotea con lazo morado es la ministra. Se dice que en vez de un piso le pusieron un ministerio. "Una mujer del partido", que diría el clásico. De las de igualdad sin ética.

—¡Cecile!
—¡Es información, Señor! No tiene las cuatro reglas pero la colocó en el Ministerio un amigo de Jules.

—Continúa Cecile, que te desvías.

—¡Lo siento, señor! Son hechos. Pueden ser relevantes. Jules, al que sus amigos llaman "el bolchevique", ha tenido contactos con los sirios.

El resto de las chicas son compañeras de los jóvenes de Rue Madame, salvo las mujeres de los blues, junto al piano y la cristalera. Celarié hizo un alto en "el escaneo femenino del local".

En la mesa de al lado pero de pie, con un grupo de PDG de la Defensa, un hombre enorme, con un hardware abdominal considerable, sacaba risotadas a su auditorio sin dejar de comer canapés.

—Pónmelo Eduard.

—¡No oigo!

Tardaba en llegar la señal :

—"La comida, se le oyó prolongando algunas sílabas, es un arma defeeennsiva que se puede volver en cooontra si la disparas", decia aquel armario a punto de precipitarse en el escote "cambio climático" de Ivette de Cabessier, una amiga de Jules y que al decir de invitados y miradas de soslayo había participado en varias películas. Aquel armario de tres cuerpos que no tenía límites era Oberón Dubois. Igual que se saltó los que encontró en Siria, había superado el de sus Bloody Maries y ahora los de Ivette de Cabessier, que dicho sea de paso no oponía muchos más que los que marcaban sus contornos. Pero Dubois atacaba por todos los frentes y en su pesadez consustancial acrecentada por la ebriedad o las drogas, era el tercer pellizco en el trasero que le daba.

—¿Me heee.. preseentado ya?, decía Oberón sin poder vocalizar tambaleándose y saltándose todas las fonteras.

A lo que Ivette, que venía de sus clases de inglés, exclamó: Hit the road!

— Ce meq, c'est deguelouse! Este tipo es asqueroso!

Dubois, repetia el nombre de Ivette con la insistencia de la ebriedad.

"Ivette con dos tes", corregía la joven su nombre en cada presentación. Y lo repetía tanto que Dubois allí mismo la bautizó, "Ivette Dostés". Así quedó nominada para la mayoria, al menos durante aquella soirée, lo que provocó la hilaridad general. Ah la hilaridad era esto, contestó ella.

—Yo prefiero un chardonette blanco frío, dijo.

Premeditadamente frívola, Ivette "Dostés" tenía la ligereza del tiempo y estaba decidida, según Celarié, a entregarse en cuerpo y alma a la carrera de actriz. Pero Celarié es Celarié.

—Caillebot controlado! Y la reunión de los quataríes sobre el Mundial distendida, se oyó a Thierry, por el pinganillo.

En ese momento, alguien con pinta de "perjudicado" por el alcohol se sentó en nuestra mesa junto a Jaqueline. El olor a alcohol y su deambular inseguro le restaba peligrosidad.

—Hola guapa! Me he presentado ya?

—No, contestó Jaqueline. ¿Qué le ha traído al Tabou? Le hacía gracia la chapa con la leyenda, "Qué guapa estas esta noche" en la que Jaqueline llevaba la grabadora sonido 8G.

—No sé aún. ¡O sus ojos o su chapa!. No sé qué fue primero….dijo aquel hombre antes de desbarrancarse por el extremo de aquel largo sillón de polipiel a ir a parar contra un macetero con el que estuvo a punto de golpear con la cabeza.

Mientras Jaqueline y dos colaboradores de la DGSE permanecían "guardando" mi mesa, recorrí el local chocando con cuantos encontré, incluyendo miradas desafiantes de hombre y sonrisas benevolentes de mujer, y viceversa, hasta que pasados unos minutos logré aproximarme a la mesa del príncipe de Qatar y colaboradores. Me detuvo uno de sus guardaspaldas mientras los fotógrafos asediaban a la jequesa, que venía ese día de una excursión por Dior, Gaultier y Chanell.

—¿A dónde va?

Durante los dos segundos que tardé en contactar visualmente con Marion, me deslumbró la elegancia misma personalizada en la jequesa, que sólo los flashes convertían en espectáculo. Marion traducía la conversación de los quataríes con dirigentes alemanes y suizos de la Fifa.

Pensé que no cabía un complicación más. Pero sí cabía. En cuaquier momento podían aparecer los terroristas. Señalé con la mirada a Marion el camino de la puerta. Mäel pasó en ese momento por delante de mí tras la Bellas Aguas, "c'est la folie"! gritó con más dificultades de deambulación que de tráfico, haciendo malabarismos con su bandeja repleta de copas con hielo y botellas de ginebras exóticas que amenazaban con no llegar a su destino lo que finalmente consiguieron gracias a los empujones de uno y otro lado que como arbotantes sostuvieron el cuerpo delgado de Mäel.

En ese momento volvió a salir del reservado Cloe espléndida.

Ni Rasul Cheriff ni un hombre árabe con el que hablaba en ese momento, pudieron disimular su impresión entreabriendo la boca.

—Oh la lá, la Jalalá! acertó a decir Rasul. Incluso un caballero pasado por Oxford, no pudo evitar a continuación una mezcla de piropo e improperio.

—Aquel hombre gritó en árabe a Jules en ese momento: "Sadiq"! pero aquello no nos aportó mucho, porque lo mismo se usa para un amigo que para llamar un taxi. Aquel extraño al que Eduard se había acercado con su chaleco—scanner puso nervioso a Jules, que trató de escabullirse de un pelmazo más, con un gin tonic en la otra mano. Pero aquel hombre le hizo un discreto gesto a Jules para que se acercara a la barra y meterle un sobre pequeño en el bolso de la chaqueta. Me pareció que no había excesiva familiaridad, la relación justa.

Tan justa que, aunque su apariencia pudiese estar "retocada" sirvió para confirmar que no se trataba de ninguno de los terroristas con los que Jules había tenido contacto, sino de un sicario. El sobre contenía cuatro invitaciones con el reverso firmado y las letras "Homs". Las invitaciones las había traído Cloe de su "excursión".

—El hombre trató de agarrarle de la chaqueta pero Jules se alejó como pudo de allí y se aproximó al Luciérnaga, y desde lejos trató de hacerse entender con gestos.

De pronto un nuevo apagón. Attenton! El Tabou se convirtió en una ratonera oscura, con alguna que otra vela, nada para aquel enorme local. Se oyeron algunos gritos de mujer. Movimientos de guardaespaldas, murmullos. Volvió enseguida.

Desairado, el sirio, sin perder de vista un segundo a Jules mientras se alejaba, miró por el retrovisor si tenia a alguien detrás. El extraño vió a Thierry a dos metros, que era el margen con el que contaba. Aquel hombre, midiendo si le daba tiempo a hacer lo que pretendía, metió la mano en el bolsillo con el gesto propio de desenfundar y yo hice lo propio pero no sacó su arma, sino su móvil.

Aquel hombre pidió instrucciones a alguien con una llamada perdida. Cogí aire.

—Segundos después, el bolchevique hizo una petición musical al Luciérnaga con un brazo extendido y el otro en el pecho.

Con Mäel buscando vasos que se agotaban para llenar al menos un lavaplatos, dejó de oirse "Lost Stars", y comenzó a sonar un Vals. Celarié me hizo un pase de toreador para expresar que Marion ya se había ido.

Aliviado, sudaba como un toro de lidia. Un colaborador me pasó en ese momento el audio de una conversación de Rasul al término de una de su charlas sobre la Primavera árabe, con Jules y un compañero de clase, que parecia ser el terrorista Akram Wahhab, sobre la financiación de la fiesta. Rasul decía que si había que colaborar, él colaboraría, del modo que fuese necesario.

—¡Sujétame la copa!, le dijo Jules al amigo con el que charlaba, dejándolo con un palmo de narices y dos copas, mientras se dirigía hacia Ivette Le Cabessier, joven actriz de producciones de bajo presupuesto que la mayoría desconocía. En aquel local plagado de agentes, una Ivette achispada parecía tener la práctica de una Matahari.

Ivette de Cabessier, decía Martin a un grupo de Salpêtrière que se partía de risa, está tan poseída de sí, tan pegsuadida de sí, de las "cugvas" del vestido donde va embutida, de su larga melena lisa y brillante, de su pelo "poco pogoso", sin un cabello por encima de otro, de la pgonunciación de las tonterías que es capaz de pronunciar en inglés, que su persona no transmite nada. Algunos sonreían suavemente. El marsellés decía:

—Ésta es igual que los políticos: "sin autenticidad o hay farsa o hay provocación", dijo Martin a Jules: No queréis vivir en la Banlieu, sino de los de la banlieu. No queguéis repartir pisos sino hacegos un chalet.

Actriz dicen que es buena, aunque no haya pisado muchos platós. A su lado, Camille Chastain, la investigadora de Salpêtriere, se defendía con su elegancia caoba bajo su vestido de cocktail blanco con lentejuelas y una copa de champán en cuyas burbujas pretendía mirarse más de uno.

Jules vió a Dostés, e impulsado por un arrojo por él mismo desconocido se dirigió hacia ella para tirarle los tejos, proponer la bestia "proposser la bête a Dostés" que, con un Bellini sofisticadamente sujeto en la mano, estaba rodeada por dos moscones de un grupo que debían estar celebrando una cena de empresa.

"Temiendo pisar un rastrillo" preguntó., ¿Bailas?

—Después de escanear a Jules de arriba abajo, Dostés trató de aparentar condescendencia y otorgó su placet. Martin no bailaba. Saludaba achispado a un grupo y a otro. Lo mismo a compañeros de Rue Madame, a los que sacaba carcajadas que a futbolistas famosos que no conocía, a médicos, amigos del chat de la Cató, como Jabir que estudiaba relaciones internacionales y ayunaba por el ramadán, y a sanitarios de Salpêtrière con los que compartía historias y bromas, con una sonrisa que en él sólo en contadas ocasiones desembocaba en carcajada. Aunque cuando lo hacía, lo hacía con todo el cuerpo.

En uno de aquellos grupos Martin encontró, si es que no fue a dar, con Camille Chastain, la neumóloga martiniquesa con la que Mäel y él llevaban meses colaborando en la pelea contra el covid. La iluminación del Tabou se reflejaba en los brillos del vestido blanco y en la piel ébano de la doctora.

—¿Qué tal la fiesta Dra? Mejor que en Salpêtrière eh? Bueno, qué digo. También están el restaurante vietnamita y los bares del Quai de la Gare, próximos al hospital, hasta las tantas, jaja…

"Tu dois crever la dalle" Debes de estar hambriento.

—Ah sí,… Uff, Salpêtrière ya sabes. Aquello ha sido incluso cárcel ….y nunca como ahora.

—Pero seguro que la Dra. no sabe de donde viene su nombre, dijo Martin.

—Camille, bebiendo un sorbo de su copa de champán, puso cara de querer averiguarlo.

— En el solar había un polvorín. Y Salpêtre era una sal de piedra con la que se hacía la pólvora mezcla de carbón y azufre…

—Pues eso. Es nuestro destino, contestó la doctora sonriendo.

—Y Charcot y tantos otros…pero resulta que ahora se conoce por ser el hospital donde se murió Lady Di.

Me concede este baile, hizo Martin una reverencia, a lo que la doctora, después de advertir que no era lo suyo, accedió. En el momento del baile los zapatos de Praga no funcionaban por el ruido de las pisadas fuertes y el choque de los bailarines torpes. Había muchas distorsiones. Camile Chastain bebió un último trago antes de dirigirse hacia la pista pero algo gracioso debió decir Martin que, de repente, se apartó un poco, se agachó, perdió su compostura y se le escapó el champán por la nariz.

Jaqueline y Thierry atravesaban la pista de un lado a otro, tratando de controlar a Darwish que había sacado a bailar a varias jóvenes, entre ellas, Elisabetta Mascarella, la joven que durante el juicio confesó haberlo pasado de cine pero que "si llego a saber la liada que allí se iba a montar, no hubiera ido ni loca". Teníamos que localizar a Dumani e interceptar la comunicación de los terroristas con sus hombres dentro de la fiesta.

Entre los que se animaban con el tango, los había que bailaban un tango de escuela y pasos contados. Otros hacían sus pinitos, pero dado el llenazo en la pista, como no había excesivo sitio chocaban unos con otros y con el grupo de faltosos de la cena de empresa que los imitaban y apenas podían sujetarse unos a los otros.

El estilo era manifiestamente mejorable por parte de los dos, pero la pantalla que hacían las demás parejas hacía que no se notase en exceso. Los pies iban absolutamente descompaginados, pero las manos no tanto.

—¿Estás eléctrico con lo de la fiesta eh? Pregunto afirmando Chastain. Ya sabes, dijo Martin, mientras desaceleraban un poco.

—¡Bonito vestido! por cierto, dijo él mientras la separaba para verla mejor. Te queda mucho mejor que la bata verde del hospital,.. He aprovechado el confinamiento para ahorrar, contestó ella, con la sonrisa cautivadora de una ingenuidad auténtica.

—Ah yo también. Es la única pagte buena. Y no te imaginas cuanto, respondió Martin, al que se le había escapado una erre. Te hablo de miles de euros eh…dijo Martin. La gente lo desconoce. Es como los bitcoins y eso. Hay que ser perseverante, eso sí. La erre de perseverante la bordó.

De pronto, empezaron a dar vueltas, como peleándose en la pista. Tan pronto la sujetaba como la lanzaba, hasta casi pegar la cabeza en el suelo.

Cuando se tranquilizaron, se fueron acercando tanto que entre aquellas apreturas llegó un momento que no hubiera cabido un arma si la llevaran. Así que por esa parte, tranquilos, bromeó Thierry.

Con el tacto prodigioso de un ciego y oliendo en su pelo el sabor del ron de la Martinica, Martin susurró a la oreja de Camille lindezas y provocaciones que estimularían a un sordo y se aventuró entonces a recorrer su vestido cocktail del mismo color champán de su copa, salvando los botones, mientras borraba los colores de su pañuelo y sacaba los de su cara sobre su piel de ébano.

Después de tres bailes sin despegarse, Martin le ofreció la mano y llevó a Camille hacia la barra. Pidieron un ron de la Martinica mientras siguieron charlando y riendo. Caillebot no andaba lejos e intentó sacar a bailar a Camille, que rehusó, lo que, sin querer, la convirtió en objetivo. Tenía que estar habituada a rechazar moscones, pero aquella noche desconocía el coste de su displicencia.

Camille y Martin continuaron sudorosos, hablando de pie en un lado de la pista. Y no sé de qué modo nos seguía haciendo llegar el sonido Gerard entre aquella música para sordos. Hacía calor allí dentro pese al aire acondicionado rodeados de gente y sufriendo algún que otro empujón.

—¿Y en qué inviertes todo lo que ahorras? preguntó Camille sosteniendo su ron con una elegancia de nacimiento, aunque en realidad llegar hasta allí le había costado mucho.
—Es que yo eso de inversiones, no es lo mío, dijo Camille.
—Para ésto no necesitas conocimientos. Es sencillo, contestó Martin.
—Ni cursos ni nada. Desde casa. ¿Quieres que te diga cómo va?
—Claro! Dimelo ya! urgió la doctora a su ayudante acercándose a su oído ante el aumento de volumen de la música.

—Muy sencillo, dijo Martin, que ya sin bailar, daba algún paso adelante y otro hacia detrás.

—Tú eliges lo que te gusta, un modelo, un coche, un viaje, lo que desees, y haces números.

—Tienes que ajustar al detalle, dijo sujetándose instintivamente las gafas que aquella noche no llevaba.

—Cuando están bien hechos los anotas en una libreta, comparas precios.

—Camille se inquietaba, a punto de desesperarse esperando las claves del negocio.

—A la semana siguiente vuelves a hacerlo, aquel jersey verde, aquella gabardina que vi no se donde y aquel mueble para casa. Y cuando termina el mes sumas. Y cuando compruebas lo que te has ahorrado estás muy cerca de ser millonaria.

Camille dudó entre reirse o matarlo. Pero se rió con él. Era el único que la hacía reir en todo el Hospital. Incluso en los momentos más difíciles.

Bailaron dos canciones lentas de moda. Con el ron en la otra mano Martin tomó la de Camille y la llevó entre aquella multitud por detrás de la "isla—barra" hacia el despacho de proveedores. Una vez dentro, del otro lado de la puerta, junto a música sin letra, sonaron dos vueltas de llave.

Al darse la vuelta Camille observó, —mientras pudo,— aquellos preciosos muebles antiguos que gracias a Dios eran de roble americano porque el ímpetu del marsellés no le dio tiempo a hacer el inventario. Después de meses pegado a aquellos libros haciendo números, por fin Martin celebró que volaran las cuartillas y las hojas de cálculo. Detrás de ellos salieron por el aire zapatos, portafolios, mementos, tazas con bolígrafos, libros de contabilidad. Incluso el teclado de un ordenador colocado por suerte en una mesa auxiliar y una enorme grapadora que pudo haberles estropeado el momento y arreglado algun pie. No le salían las cuentas a ninguno de los dos y lo presupuestado se les iba de las manos. Durante aquellos arreones aquel roble americano perdió algún que otro remache y el poco barniz que le quedaba. Crujieron las maderas de modo tal que de haberlo escuchado hubiera llorado el ebanista, el primero. Y por fin, cuando parecían cuadrados el debe y el haber, se volvían a descuadrar y apuntes de color rojo obligaban a repetir las cuentas y hacer los oportunos ajustes, ajenos a todo lo mucho que estaba sucediendo en el Tabou, hasta que finalmente, después de perimetrar el despacho entre libros y archivos tirados por el suelo, acabaron los dos sentados en el sillón de dirección.

Entre tanto, nuestro "Caillebot", el sirio del parquet, se hacía hueco entre los invitados. Alcanzó los lavabos adonde le siguieron Jaqueline y Thierry. Teníamos que evitar, por supuesto, cualquier acto terrorista pero necesitabámos llegar a los sirios y al mismo tiempo, que no se sintieran acorralados y, a la desesperada, salieran por la calle de enmedio. Thierry pasó al lavabo de caballeros. Allí había cuatro o cinco invitados. Ninguno era él, pero sus zapatos asomaron por debajo de la puerta del excusado. Habíamos comprobado que no llevaba armas. Al volver, cruzó aquel Salón lleno de gente ebria, aunque parecía que le molestase tambien la sobria.

—¡Ha hecho un gesto con los pantalones!

—Si mete la mano en el bolso ¡encima! grité.

Pero el sirio más bien parecía tirar de las hojales hacia arriba para sujetárselo. Le caía un poco aunque caminaba decidido.

—¡Se ha quitado el cinturón!

—¡ Ojo, faite attention!

— Mäel!....¿detrás de la barra?

—Jules ¿con Le Point....?

—Y Cloe! ¿donde está Cloe?

Entre aquella multitud, Darwish "Caillebote" trataba de zafarse del marcaje de Thierry. Se fue hacia a Ivette Dostés que rivalizaba con el dulce candor de la Bellas aguas. Pero era solo un punto de apoyo para llegar a Cloe, que ablaba con un grupo que alababa su precioso vestido. Pero como si tuviera un retrovisor que parecía tener en el cuello, vió en el ángulo muerto cómo se aproximaba el sirio y dio exactamente dos pasos a un lado…

—Ojo a Rasul, ¿Jacqueline estás ahi?

—Dos metros..y llego.

—No lleva armas encima. Creo va a invitarla a bailar.

—Disculpa, dijo Rasul a Cloe.

Vengo por lo del baile prometido, le dijo el tunecino.

—Lo cierto es que Rasul y Cloe llamaron la atención, como todo lo
espectacular, durante un tiempo.
—Yo me dejo llevar, dijo Rasul en ese momento.
—Tú da vueltas.
—¿Para que nos miren?
—No. Idiota. Porque tenemos que mirar.
—Cloe distinguía a los mirones ocasionales de los profesionales.
Y en aquel avispero, desde el centro de la pista se veian movimientos
extraños, que no se veían desde ningún otro sitio.

Abriéndose paso entre la foule, una chica de color, muy guapa, capaz de robarle el protagonismo de la fiesta. Parecía guardaespaldas.

—¿En Oxford no hay bailes? volvió a hablar Cloe.
—No. Salvo que te invite la Reina.
—Ya veo que a ti no te ha invitado "nunca".
—¿Donde has aprendido a bailar así? ¿en Salzburgo? preguntó Rasul.
—No. En el pasillo de mi abuela.
—Parece que es mañana, dijo Rasul.
— Si nos conocimos ayer, respondió Cloe.
—¿Ayer?
—Nos acabamos de conocer.
—Me temo que no nos desconocemos tanto como quisiéramos,
contestó Rasul.
—Cuando no puedes evitar que se te incline la cabeza,
estas perdido, dijo Martin.
—Y eso que es? preguntó Jules.

—Un trastorno mental transitorio.

—¿Eso pasa?, dijo Jules…

—A veces.

—El hombre busca salir de sí. Y cuando encuentra a alguien hacia donde cree que puede ir, pasa eso. Aunque a lo mejor se confunde.

—Cuando dos se lanzan así, sucede eso mon petit!

—¿Flechas o piedras?

—Las dos cosas.

—¿Y al final terminan cayendo no…?

—Tienen que mirar la trayectoria y sostener las flechas o esquivar las piedras …

¿Pero tú de qué hablas Martin?

C'èst la vie, mon petit..! Cèst la vie!

—Si ahora escuchas a Cloe decir "qué mono", abandona toda esperanza.

Terminada la canción, Cloe dio un paso atrás y se diculpó con Rasul. Tengo que saludar a alguna gente. Cloe volvió al grupo que Rasul había dividido con su petición y a un grupo de seis o siete personas donde sólo una amiga lituana y otra polaca de la facultad rieron su comentario al llegar: "Dos lebn iz nitzh mer vi a Golem, ober mer mich".

—¿Qué han dicho Celarié?

—No sé.

—¿No sabes alemán?

Es que no era alemán, respondió Celarié.

Pasamos el audio a la central y en ese momento pareció haber una cierta confusión en la traducción. Aun tardaríamos unos minutos en averiguarlo. Pero al dejar de bailar, las cosas darían otro giro.

—Anda dándome la turrada el correo ése de los sirios, dijo Jules a Martin. ¿Lo has visto? Se refería a Darwish.
—Te dije que no vendrían, contestó Martin. Que mandarían a alguien. Ya le pasé lo de Cloe que nos habían pedido, pero no se han ido. Quieren algo más.

Cloe se movió rápidamente y se dirigió a Jaqueline sosteniendo su copa de champán. Aquella cara la había visto en algún sitio.

—¡Qué tal! Me llamo Cloe. Yo Jaqueline. Ya he visto cómo bailabas. Eres una profesional, dijo Cloe.
—Jaqueline, que seguía pendiente de Caillebote, contestó sonriendo, ¿Del baile quieres decir? Un montón de moscones bailaban alrededor.
—Si sí, claro, ¿estás pasándolo bien?
—Genial
—Me gusta bailar.
—Se nota que estás contenta.
—Sí, pero no bailo porque esté contenta, sino para estarlo, contestó Jaqueline.
—Qué zapatos tan monos, dijo Cloe.
—Sí, me los acaban de regalar, contestó Jacqui

—¿Qué numero son?

—Un 9.

—¿Quieres probarlos?

—No sé si me servirán.

—Jacqui se los quitó ágimente en el borde exterior de la pista de baile y se los pasó. Cloe examinó, con diligencia de compradora, primero la puntera estilizada y luego el tacón. Cloe intuía algo, pero dijo. Me va con lo que llevo. Y me queda como un guante oye.

—Pásame los tuyos. Si estás a gusto, te los dejo para que des una vuelta, rieron.

Jaqueline no tuvo inconveniente porque le quedaban bien tambien y, sobre todo, porque sabía que los suyos también llevaban transmisor. Se lo había dicho Thierry.

Perdida la oportunidad de Cloe, Darwish "el Caillebot", al que marcábamos estrechamente, parecia buscar a Martin entre los compañeros de Rue Madame que alucinaban con "Ivette De Cabessier", y aquel ambientazo. Entre los asistentes, los había dispuestos a cantar y tocar, los había que sabiendo y los había que sin saber .

Había invitados de mirada extraña, que no parecían disfrutar tanto. El volumen aumentaba. Las conversaciones se superponían unas a otras y el mix de música y voces, era en aquel momento ensordecedor.

—Baja el volumen!, indicó Martin haciéndole un gesto con el brazo al DJ.

Después de un par de intentos que la hicieron llorar, cogió la guitarra española un japonés que se arrancó y punteó el tico—tico con tal virtuosismo y frescura, que hizo entrar al Tabou un montón de gente, levantando una oleada de aplausos y consiguiendo un sitio merecido en la memoria de aquella noche.

—La central pasó por fin la traducción de la frase de Cloe. "La vida es un sueño, pero no me despiertes", había dicho Cloe a sus amigas después del baile. Era yiddish, razón por la que los amigos parisinos habían quedado a cuadros y sólo la lituana y la polaca la habían entendido.

Aprovechando que nadie me acompañaba poco después vino por fin Cloe a servirme el Bellini que había pedido.

—Pero muy poco alcohol, por favor, dije eh….Apenas.
—Estoy agotada. ¿Te importa que me tome uno contigo? me dijo, con esa mezcla de desparpajo y cuestionamiento de jerarquías, típica de los israelíes.
— ¿Nos conocemos? dije.
—Tú no. Pero yo sí. Yo soy quien te ha invitado, aunque tú no lo sepas. Mi nombre es Cloe. Soy una de las organizadores de este sarao.
—Ah, ya! bonita fiesta! Estas espectacular! , le dije.
—Gracias. Pero yo no la he organizado para pasarlo bien y tú no estás aquí para divertirte. ¿Por qué has mandado seguirme? Preguntó haciendo una pausa. He sido vuestra guía mientras los sirios nos pedían el reclutamiento. Pero no soy una de ellos. Esta noche vendrán a por nosotros. Querrán hacer desaparecer a los testigos. La puesta del sol no será en la plaza de los Vosgos. Lo que tú buscas está

aquí dentro. Aunque seguro que encontrarás cosas que no buscas.

—¿Estás segura? Le pregunté, sin saber si había interpretado el sentido exacto de aquel juego de palabras.
—Por lo menos de lo primero, contestó.
—Te han avisado al móvil hace poco más de una hora.

Cloe escribió unos números en el ticket de la consumición con esa costumbre judía por interpretar los textos sagrados a partir de los números. Primero escribió 2x2 y en otro papel 43 (mujer) y 44, o sea, hombre…

En ese momento confirmé que Cloe trabajaba para el Mossad, alguno de cuyos miembros conocí en Afganistán, siempre a vueltas con la cábala y el número 7. Se tomó el Bellini mientras miraba hacia los números para que yo los repasara. Y contó justamente desde 12 hacia atrás para relajarse Se refería a Naqueb y su hijo.

—Te han avisado, ¿Me equivoco?
—Pegasus funciona muy bien.

En ese momento Cloe ya sabía que fuera estaban los de Operaciones especiales.

Bajo el ticket me dejó dos fotos. Una de un hombre y otra de mujer. La primera era la del agente de la inteligencia siria Eyad al—Gharib, condenado por un Tribunal alemán a cuatro años de cárcel e identificado por varias de sus víctimas en Berlín dos años antes. Antes de volver a la barra me dijo. Aquí dentro hay varios. Entre ellos una mujer guapa y rellenita, que sería la jefa del grupo a la que se atribuye el abastecimiento de los yihadistas a través de la frontera con Turquía. Ahora vendrán a por nosotros. Como ves, no soy uno de ellos.

Tratan de utilizarnos. Y yo a ellos, por supuesto.

La fiscalía alemana era de las que más estaba haciendo frente a "la inteligencia siria" dispersa por Europa tras la guerra en aquel país. Los servicios secretos alemanes nos habían advertido de la posible presencia de aquella noche en el Tabou, de Akram Wahab y Fahed Khadid, dos terroristas a los que habíamos perdido la pista en Londres hacía un tiempo.

En el Frente Al Nusra, Akram Wahab había encontrado su identidad. Ahora era reconocido por el grupo, como en una secta, respetado por sus compañeros Se había radicalizado junto a su primo. Y ahora en Paris era compañero de Jules Cambord en el máster de Siencespo, aunque no figuraba en los Registros de la Sorbona.

Nuestros informes revelaban que se había radicalizado. Por indicación de Fahed, había leído a Maduwdi y Sayd Quob, —y ambos se habían convertido en salafistas, adeptos de "los antepasados piadosos" (salaf), del Islam de los orígenes. De ahí pasó a adoptar una ideología extremista que no sólo justificaba sino que propugnaba la violencia y la yihad, interpretada, no como lucha personal sino como violencia política y medio de cambiar la realidad con una "guerra legal o sagrada" contra los infieles, prescrita por la shari'a.

Fahed Kadhid ya había combatido en 2008 en Irak frente a la Coalición internacional, en la rama irakí de Al Quaeda, envalentonada tras el ataque de 2001 a las Torres Gemelas.

Es cierto que aquello removió el avispero, pero habría que saber qué hubiera pasado si no hubiéramos respondido a la invasión de Kuwait o al ataque a las Torres gemelas. Algunos colegas afirman que el informe Langley fue contrario a la intervención de la Administración, pero la valoración política decidió continuar. Luego Sadam Hussein negó el acceso a los Inspectores de la Comisión de UN para el Desarme, y cuando finalmente llegó el equipo de la UNSCOM, ya no estaban allí las armas de destrucción masiva químicas o biológicas. Aunque afirman que sí las había habido. Si las trasladaron es cosa que no sé yo si sabremos.

—Cuando quisimos insinuarle algo de todo ésto a Jules a través de un "conocido" suyo en la fiesta, se violentó y negó que fuera así.
—No hay amigo mejor que un viejo "gival", dijo Martin. Conoces todas sus facetas.

"Ese conocido", acabaría siendo para nosotros de gran utilidad. Justamente porque esa era la pretensión. Que Jules se lo trasladase y supiésemos así dos versiones, la que Jules le trasladaría y la que daría el tercero. Manual de la Agencia.

De pronto, a las luces acogedoras del Tabú, se unieron los cañones de luz del "luciérnaga" iluminando las plantas salvajes de origen africano que recorrían la pista y animaban aquella "guasanga" con música y ritmos de moda. Aquellos proyectores de luz podían ayudarnos.

Habia un montón de gente. El baile era ya frenético. Las luces se reflejaban en el botellero iluminado y curvo de la barra como si fuera una librería nocturna en medio de una isla ovalada y abarrotada de gente.

Oberón Dubois había vuelto, hacía un rato, de la calle apoyándose en los que bailaban hasta llegar a la barra y allí estaba dando el coñazo otra vez.

—No conoces mundo chaval! ¡Eres un inútil, qué hay de ese gin—tonic que te pedí hace media hora, majadero! gritó Dubois acabante de llegar. Mäel amagó con hacerle frente pero continuó… ¿Tú crees que es forma de preparar un gin tonic? ¿Quien te puso aquí? ¿Es que vas a pagarlo tú? ¡no vales ni para ésto…! ¿Quién te mandó organizar todo esto? ¡Te voy a sacar a golpes de aquí! Ohh c'est insoutenable! Murmuraba Maël mientras reprimía su malestar.
—Ya basta! gritó Martin que llamó en ese momento a Eduard, que hacía de escaneador y guarda de seguridad. Edouard! Vien ici, s'il te plait!
—Yo pago esta fiesta, dijo Oberón. ¡Qué queréis! ¡que os queme el chiringuito!
—Me dá igual quien pague al final esta fiesta, dijo Martin. ¡Si vuelves a incordiar a mi amigo, te mato!.
—La gente de alrededor que pudo oir el grito de amenaza de Martin quedó fría. No era su personalidad habitual.

Dubois vió venir a Eduard…

—Acompaña a este señor, a la puerta a que le dé el aire, dijo Martin.

—¡Qué pasa Jefe!, Tranquiiiilo, reláaajate!

Pocos minutos después, mientras se calmaba la bestia, repitiendo "qué pasa jefe" decenas de veces, la Jalalá, muy animada, se sujetó los bajos del precioso vestido largo y rojo, agarró a tres o cuatro que pasaban por allí e inició una conga. Ese fue un momento decisivo. Los dos sospechosos no iban a participar seguro. No iba con su cultura. Les parecería poco serio. La gente bailaba o se movía desinhibida y esta gente controla sus actos en cada momento.

Así que era un momento para el descarte. Caillebote ya estaba identificado. Faltaban los demás. Rápidamente observé a los que permanecían sentados y aunque eran muchos, distinguí a los ocho o diez que podían coincidir con la descripción y los datos biométricos facilitados, incluído el reconocimiento de iris. Aunque fueran capaces de controlar sus emociones, o más bien disociarlas, como suelen hacer los yihadistas, el resentimiento, el odio, tenían que emerger al rostro en algún momento. Cierto que estarían de algún modo caracterizados, pero estrechábamos el cerco.

La tensión allí dentro iba en aumento. El equipo esperaba instrucciones: "Necesitamos confirmar: Uno, si están ya en el Tabou y si estaban los dos o uno solo. Dos, Si estámos listos ante una eventual aparición repentina de ambos. Tres, cuantos tienen dentro. Y cuatro, si el Tabou es sólo un señuelo o tienen otro propósito además de distraernos". Celarié preguntó entonces:

—Si aparecen ¿abrimos fuego?

— Sólo si aparecen armados. Pero entrarán distintos y caracterizados. Quieren ultimar el reclutamiento. Al Nusra está pidiendo hombres y nombres. Mandarán hombres para borrar huellas y testigos.

A través del pinganillo de alguien que pasó junto a la barra, llegó el sonido de la explosión de una botella de champán que debía llevar demasiado tiempo en la nevera. Lo que faltaba! Y a continuación, junto a la barra, apareció de nuevo Marion, que se acercó a mi: "Hang tight sweetheart! I'll be back in a momento!"

—No recordaba situación tan compleja ni en Siria.

Me contó que se había ido a casa y había tenido que volver a recoger una carpeta que se habían dejado los quataríes. Estaba perplejo. Y añadió que quien del Ministerio me tenía allí con aquella pinta de agotado hasta tan tarde. Si iba a estar mucho tiempo más, o me esperaba. Desde luego si tenía algo que ver o sabía algo, su actuación era de Hollywood. Mejor desde luego que muchos de nosotros. Pero Naqueb decía que "la mentira consume mucha más energía que la autenticidad".

Me aparté de la conga para evitar ser engullido por ella, pero al tiempo me extrañó que Cloe no me invitara a unirme como había hecho con la que gente con la que me había visto obligado a saludar en ese momento. Había enganchado incluso a "Caillebot". Fuera de la conga quedaban Gilbert, el alemán del Sunset Beach, un candidato que había estado con Cloe en la plaza de los Vosgos, el rubio tatuado de cuerpo entero, tres o cuatro parisinos haciendo alarde de su grandeur ante unas estudiantes alemanes, un grupo de PDG con pinta de aburridos, un hombre con muletas muy animado y un grupo de tímidos sanitarios achispados de Salpêtriere, además de un grupo cinco o seis hombres más serios que el tono de fiesta general.

Uno de ellos, Amin Dumani, se adelantó hacia la barra y se dirigió hacia donde estaba Oberón dándole el cozaño a Mäel. Tenían los dos una curda del siete. Saludó a Oberón, como presentándose y poco después le pasó la mano por encima del hombro no sin dificultad dada su estatura. Oberón pidió dos gintonics a Mäel que apenas acertaba ya a distinguir las botellas. Aquel hombre mantuvo con Oberón una conversación en la que poco a poco iba introduciendo órdenes entre sonrisas forzadas.

—Khalas! dijo finalmente. Ya basta! ¿Estas en condiciones? "Presiona todo lo que puedas a este pardillo, sácalo de quicio y en cinco minutos monta aquí mismo un escándalo importante.

Caillebot, por su parte, iba en busca de la barra cuando Cloe lo agarró del brazo para que se uniera a la conga. Carecía del más mínimo sentido del ritmo. Pero no quería descubrir sus propósitos así que esbozó una sonrisa falsa y trató de confundirse con el ambiente.

—Me escuchas? Jaqueline llevaba minutos tratando de conectar conmigo, algo aturdido por el asunto de Marion. He hablado con la chica morena, rellenita pero fibrosa, que me dijiste. Muy avispada. Habla idiomas. Dice que ha estado en una ONG. Hace mucho deporte me dice, pero que le cuesta la dieta porque le gusta la cocina francesa. La he visto descorchar una botella como no lo haría ni el abate. Ágil como una pantera. Dice que es hija de un comerciante

turco que ha comerciado en todo el mundo y ella es su ojo y mano
derecha. Lleva pulseras de tres sueldos míos y cuando alguien la ha
sacado a bailar ha dicho: After a while crocodrile!.

Es una frase muy común en América, pero me dejó frío. Tardé
unos segundos en reaccionar pero le pregunté a Jaqueline:

—Comprueba si lleva tatuadas tres letras con una diéresis, le dije
a Jaqueline.
 —¿Donde?
—En el ángulo interior del brazo izquierdo, precisé yó.
—Se ha ido a bailar. ¡Espera!
—Minutos después, con la disculpa de ver sus pulseras Jaqueline
le tomó el brazo.
 —Afirmativo.
—Oh my god! Exclamé. C'est pas possible! tan fuerte que me oye-
ron mis colaboradores por el pinganillo y los que pasaban, si no hu-
bieran estado ebrios. When it rains it pours!

La mujer de los terroristas Amrack y Fahed en la fiesta era Nora,
"la rosa del desierto". Era ella la que estaba coordinando a los sicarios
en el Tabou. La que controlaba los abastecimientos y la entrada de
los reclutamientos por la ciudad turca fronteriza de Hatay. Los ocho-
cientos kms de frontera con Siria controlados desde el principio por
los rebeldes.

En último término, he pensado luego muchas veces, la guerra se
acabó cuando Nora quiso. Estos es, cuando los turcos, que habían
derribado al principio algún caza Shukoi Su—24 ruso en la fron-

tera turco—siria, —la primera vez que un pais OTAN lo hiciera—, aflojaron ante los rusos con sanciones económicas y hasta campañas de prensa con acusaciones respecto al tráfico de petróleo e incluso bombardeos de convoyes de camiones cisterna. Finalmente pideron excusas a traves de un mediador. Y tras el golpe fallido contra Erdrogan la situación dio un giro. A partir de ahí, para los occidentales la erradicación del Daesh primaba ya sobre el objetivo de derrocar a Bashar al—Ásad.

No puedo describir la reacción que me provocó la visión de Nora Alzubi. Me quedé paralizado. Me asaltaron un montón de imágenes en Siria. Acto seguido pensé que habían colocado a Marion y a Nora para sacarme de allí. Entonces sentí como la rabia me iba creciendo hasta que un impulso me sacó del sillón para ir hacia ella. Me sujeté. Era una temeridad. Pero sentí la necesidad de la temeridad. Me acerqué y le tiré la copa por encima para levantarle una manga y comprobar que llevaba el mismo tatuaje. No era el logo de un tour operador, como parecía, sino la diéresis y las tres letras con las que se escribe Palmira en árabe.

Pelo negro, gordita y caracterizada, incluso con la mascarilla negra del covid que empleaba en ocasiones, Nora no podía ocultar aquellos ojos verdes, que escondían tantas traiciones. Paralizado, reprimí los deseos de asfixiarla.

Capítulo 16

El suceso

Cerca de las cuatro de la madrugada se veía que la gente tenía ganas atrasadas de juerga, pero las de Oberón parecían sobrepasar todas las expectativas. Oberón se ponía especialmente faltoso cuando bebía. Habia llegado a echar del Tabou a algunos amigos que venían con él e incluso a su propia mujer.

—Este cerdo nos va a dar la noche, había dicho Cloe…

La situación, aunque previsible, no podía ser más complicada. O sí. De pronto se habían ido las imágenes de los dispositivos. Las mesas estaban repletas de gente dispuestas a prolongar lo que hiciera falta la apertura del Tabou, el día de la música y la tregua de la pandemia. Aun sometidas a un exhaustivo control sanitario y a pesar de las cámaras externas continuamente monitorizadas, las puertas abiertas habían sido burladas al menos por tres o cuatro personas durante alguno de los relevos. Entre ellas, Nora Alzubi. El paso de las horas y la falta de refuerzos hacía que Eduard y sus colaboradores se vieran desbordados. Dentro, mucha gente ya había perdido los concordantes. El séquito quatarí se había retirado ya en limusinas que habían causado una gran expectación a la puerta e Ivette le Cabessier resistía a duras penas las asechanzas de Jules y de un montón de majaderos.

Cuando "Calleibot" logró por fin descolgarse de la conga ya no llevaba corbata y llevaba la camisa por fuera. Bebió una copa de champán sin empezar, que encontró a mano en una mesa que los bailarines habían dejado vacía y cuyos efluvios empezó a notar.

La conga alegre y descompaginada recorría entre gritos el local cada cierto tiempo como si fuese un autobús de linea con paradas, transbordos e incluso algún que otro accidente que terminaba con varios vagones caídos por el suelo y una montonera en la que había que recoger viajeros, zapatos y demás equipaje.

La gente se divertía cada vez más desinhibida, descamisada, sudorosa. Entre otros Martin, Chastain, Darwin y Nora, que llevaba como colgante un candado de colores, imitaban los sonidos de las antiguas máquinas de vapor, las chimeneas y los avisos de las poblaciones antes de llegar a las estaciones en las que algunos pasajeros se paraban a rellenar su copa y comer los pocos hojaldres de anchoa, los canapés de salmón o las canastillas de ensaladilla rusa que aún no habían desaparecido.

¡Ez una fiezta! repetía un sanitario de Salpêtrière con una curda del quince, un sombrero y un silbato.

En aquella guasanga de músicas diversas, globos, collares y disfraces nadie, —salvo nosotros, que temíamos un atentado terrorista, no un crimen —, imaginaba que podía ocurrir un hecho semejante.

Todo sucedió tan rápido que ni siquiera los asistentes que estaban al lado de la víctima se apercibieron de qué era lo que había pasado en realidad. Acababa de pasar el viaje de la conga que recorría de extremo a extremo el local y varios grupos bailaban cerca pero, durante unos minutos, nadie supo si aquel revuelo se debía a un altercado más de los que había sostenido Oberón durante la noche o aquella mole se había venido abajo por el alcohol, un vahído o un infarto. Mäel ofuscado y tambaleante por el alcohol se quedó lívido y petrificado al verlo, mientras los más cercanos se iban arremolinando, y la mayor parte de los asistentes a la fiesta continuaba bailando sin apenas percatarse de lo sucedido.

Con un pañuelo intentaron parar la hemorragia. Había perdido el conocimiento. Su mujer, también paralizada por la situación, fue apartada y acompañada por un familiar al exterior del local. Un médico advertido entre los asistentes acudió rápidamente, taponó como pudo la herida, pero no encontró por ningún sitio el tenue sonido de la vida.

¡Una ambulancia rápido,! pidió el médico a la desesperada, pero, cuando llegaron, apenas diez minutos después, ya se veía que los desfibriladores no iban a servir para nada.

Aquella mole de casi dos metros tambaleantes, más de cien kilos de peso, apuñalado por alguien sin duda mucho menos y corpulento. La sangre olía a sal, como si se tratase de una criatura que hubiese habitado los océanos. Oberón podría ser en ese caso, un ser de la familia de los ictiosaurios.

Pasados unos segundos la música languideció y se interrumpió un par de veces hasta que finalmente dejó de sonar. Algunos se acordaron de la pesadilla de Bataclan. Martin ordenó al luciernaga que siguiera pinchando. Otros, alertados por la llegada de los Servicios de emergencia, se arremolinaron para averiguar lo sucedido, pero sólo unos pocos llegaron a ver aquel gigante tumbado en el suelo, el rastro de sangre que había dejado en su caída y el pañuelo ensangrentado con el que se había tratado de tapar la hemorragia. La gente iba de un lado para otro hasta que llegó el 112 y la Gendarmeríe de Paris.

Recapitulé en segundos los antecedentes de Oberón Dubois. No habiamos dado con el piso franco de los primos en la Banlieu ni habíamos logrado aún desencriptar determinados audios de la DGSE que aseguraba haberlos tenido cerca junto al bosque de Vincennes. Y los hombres del Tabou eran antiguos miembros de la inteligencia siria reclutados por los terroristas para Al Nusra.

Estaban allí para distraernos de los terroristas, provocar aún no sabíamos qué y eliminar el rastro. Y el rastro no era otro que el que podían dejar los organizadores de la fiesta, que les habían visto en persona, y habían colaborado con ellos.

Capítulo 17

Puesta de sol en los Vosgos

Obsesionados con Bataclan, fue el hijo de mi viejo amigo Naqueb el que nos hizo caer en que el atardecer de Vosgues no era el de la plaza, sino el del macizo de piedra rosada de Alsacia, "San Dieu des Vosgues" el lugar sagrado que se ha conservado en Alsacia a los largo de los siglos. No imaginábamos que el escondite de los terroristas pudiese ser un lugar sagrado católico.

—La mañana siguiente a la muerte de Oberon Dubois en el Tabou, Jaqueline y Thierry, encargados del seguimiento permanente de los jóvenes de la Residencia de Rue Madame, desde su habitación de "profesor invitado" pudieron colocar los zapatos de Praga. Martin y Jules abandonan la Residencia a las diez de la mañana, demasiado pronto teniendo en cuenta la hora en que se había terminado la fiesta y a la que habían podido cerrar el local tras el lío que se montó. Aún somnolientos, agotados por la fiesta y conmocionados por el suceso, tenían que cerrar el intercambio para poder pagar los disparatados gastos de aquella gran fiesta.

Sabiendo que estaríamos acechándolos en su camino a Orly, se dirigieron a la boca de metro de Saint Germain pero, al llegar a Place de Italie, se bajaron del vagón tratando de descubrir si alguien les seguía.

Se dirigieron a una empresa de alquiler de vehículos donde alquilaron un vehículo de gama media. Pensaban entonces que en unas horas lo dejarían resuelto. Primero, tomaron dirección Salpêtriere, luego aeropuerto de Orly para, finalmente, acelerar y zizzaguear por calles que Martin conocía bien, hasta tomar de pronto la A—4 en dirección Estrasburgo, tratando de despistar cualquier posible seguimiento.

Pero sabíamos adonde iban. Por los zapatos, los micrófonos y gps. Jaqueline y Thierry nos confirmaron que no se dirigían al aeropuerto.

—Inmediatamente trasladamos la información a los franceses, a la DGSE, que ordenaron poner en marcha a los de Operaciones Especiales: "Operación Anfleur": Probable ubicación terrorista: "San Dieu des Vosgues".

El lugar que pensábamos habían elegido los terroristas de Al Nusra, era un paraíso de senderistas a lo largo de un enigmático muro rosado de 11 kms con numerosos caminos diferentes a 330 kms de altitud. Allí, en el flanco de aquel macizo hay esculpido un león, obra del escultor de Colmar, Auguste Bartholdi, el mismísimo autor de la Estatua de la Libertad.

Allí, muy cerca de Estrasburgo, la ciudad donde alemanes y franceses se han dividido siempre Europa, la ciudad de las vigas en el aire, los entramados de madera y la hermosa Pêtite france, la ciudad de la catedral rojiza donde reinan las bicicletas y donde a veces sale o se pone el sol de los derechos de los europeos, sobre las 21h. se iba haciendo poco a poco de noche.

Después de conducir durante cuatro horas y media llegaron a Colmar. Allí alquilaron dos bicicletas y recorrieron varias sendas turísticas de los alrededores tratando de localizar el lugar de encuentro con los terroristas. Pero no tenían las coordenadas exactas. Eran Akram y Fahed los que los tenían localizados a ellos. Pedaleaban lenta y cautelosamente, haciendo zig zag a través de uno de los múltiples caminos en torno a las montañas rosadas hasta que tomaron un sendero de 5 kms entre Bant de Sapt y Saint Jean de Ormont.

Después de pedalear aproximadamente una hora mirando a diestra y siniestra, ralentizados por el miedo y la incertidumbre, después de superar una señal blanca sin dibujo alguno que no hizo más que aumentar las pulsaciones de los dos ciclistas que iban despacio, llegaron a una bifurcación donde un cartel rezaba "Sentier des Hameaux, Morts pour la France", donde presintieron que los iban a matar. Dudaron entre detenerse o contintuar pero en ese momento, a la salida de una curva, como si fueran dos bandoleros, aparecieron vestidos como dos lugareños los dos terroristas, Akram Wahab y Fahed Kahid.

Según relataría Martin después una y otra vez, Fahed dio unos pasos adelante, quedando Akram detrás, también malencarado, que dirigió una mirada a su compañero de estudios, como la excusa de quien no está arrepentido. Los jóvenes le miraron sólo lo justo, pero por sus pulsaciones y la exclamación que recogieron sus deportivas de Praga, lo que entrevieron fue una mirada más animal que humana.

Luego de asegurarse de que no les seguía nadie, se hicieron a un lado, registraron a Martin y Jules de arriba abajo, bruscamente y sin miramientos, por si venían armados y sin apenas mediar palabra, fuera de la vista de cualquiera que pasara, les sacaron del bolsillo interior del chubasquero un sobre que contenía una lista que Cloe, había conformado con los contactos, datos y geolocalizaciones que tenía y a los que había "invitado" durante su circuito por Paris.

—¿Seis? Leía Fahed. Gilbert, el de Sun Beach, de Hervé Osmand, —el barman del Royal—, Kazam Kush, —el de la terraza d Au dos— ... pero Fahed se detuvo de pronto....

¿Y Mohamed Badawi? preguntó Fahed que era el único que conocía y le interesaba.

—Sí. Es uno de ellos, respondió Martin.
—Ahora comprobaremos y espero que no haya ningún problema. Como veis, os tenemos localizados. Así que no os vayáis muy lejos, por si hay que hacer alguna "modificación". Si hay cualquier problema nos veremos "pronto", dijo Fahed con tono amenazante.
—Lo único es que mantengan hasta el final sus "ganas de hacer el viaje" me refiero, contestó Jules, balbuceante..Estas cosas.... No hay más fuerza ni poder que el de Alláh, respondió Akhram. Que él haga lo que pueda para arreglarlo.
— Si no es así, nos veremos, dijo Fahed.

—A los pies del cartel del sendero que acabáis de dejar "Sentier des Hameaux, Morts pour la France", encontraréis un sobre con vuestro porqué.

Akram y Fahed, sin dar en ningún momento la espalda retrocedieron y salvando unas piedras rojizas tomaron un camino estrecho verde y frondoso y se adentraron entre los árboles, mientras se ponía el sol.

Jules y Martin salieron tan espantados de allí, que se pasaron de largo. Un km después repararon y, no sin pensárselo, acabaron retrocediendo. El sobre estaba allí. Menos de lo que acordaron y más de lo que pensaban. Pasaron miedo porque aquella gente lo daba. El pellejo lo habían salvado. Lo demás era propina.

Los terroristas, que habian desaparecido ladera arriba entre la esposura, habían escuchado todo lo sucedido el día anterior en el Tabou en las noticias de las dos, sabedores de que estábamos tras su pista desde Londres y temerosos de estar siendo seguidos incluso por un dron. No estaban muy descaminados.

—Los noticiarios mostraban los controles de carreteras asi que desecharon abandonar el lugar en automóvil esa noche y permanecieron en una cabaña de la zona, alquilada dias atrás.

El dispositivo fue advertido de la presencia de dos hombres extraños en una vivienda unifamiliar de una urbanización de San Dieu de Vosgues. El equipo rodeó sigilosamente la vivienda. A las órdenes de Didier Geadoux, jefe del operativo, con el que ya había colaborado en alguna ocasión, entraron por sorpresa reventando la cerradura y la puerta, con la intención de no dar a los terroristas tiempo a reaccionar. Tras los gritos reglamentarios de Policía, al suelo! encontraron a dos ladrones comunes asustados, con un reloj, unos collares y unas bandejas de plata.

Por el contrario Amrack y Fahed, aún desconocían que, aún con errores, ya estábamos por la zona con visores nocturnos y de calor capaces de aumentar la visibilidad con la propia luz de las estrellas.

No muy lejos, en el Alto Rhin, los franceses llevan a cabo modernas investigaciones técnicas contra el terrorismo. Operaciones especiales contaban con visión nocturna, chalecos scanner como el que había vestido Eduard durante la fiesta o sensores que determinan la procedencia milimétrica de un disparo y de los tiradores por los reflejos de su sonido. En el momento en que efectuasen un disparo, estarían muertos. O eso decía Didier Gedoux, después de la pifia de Saint Dieudes Vosgues.

Serían las 21 horas cuando se puso el sol en los Vosgos. Se hizo de noche. Después de peinar el bosque y varias viviendas de la zona los perros adiestrados parecían haber detectado en una ladera una cabaña sospechosa de piedra y madera con un pequeño jardín delante, oculta entre la vegetación del lugar, donde supuestamente podrían hallarse los dos terroristas. Parecía una Maison de campagne. Los compañeros de operaciones especiales se situaron en sus puestos La cabaña estaba un poco elevada en relación con la posición del grupo de asalto. Había luz en dos habitaciones pero una mujer joven bajó una cortina. En la otra, una persona de pelo rubio parecía ocuparse de la cocina. Los sensores térmicos detectaron ocho personas. Parecían convivir de forma independiente. Uno estaba acostado. No era la primera falsa alarma. Treinta hombres del equipo de operaciones especiales estaban dispuestos para un eventual asalto. Pasaron varias horas al acecho.

De pronto, para tensión de los francotiradores, salió de la casa una niña a jugar con los perros. Los terroristas podrían haber alquilado lo que en realidad era un pequeño hotel rural, con clientes dentro.

La niña, que tendría ocho o nueve años y jugaba al cascayo en las losetas de cemento empedrado que rodeaba la casa se acercó hasta donde se hallaba uno de nuestros perros con su adiestrador.

—Hola, ¿es tuyo?
—Sí le contestó el agente tratando de conservar la calma, después de haberse quitado rápidamente el pasamontañas para no asustar a la niña. El resto del equipo permanecía en sus posiciones oculto entre la maleza.

¿Vives en la casa? Le preguntó el agente..

—No, estamos de vacaciones.
—¿Quién?
—Mi madre y yo.
—Ahh…—¿No tienes amigas en el hotel?
—No.
—¿Cómo te llamas? Cosette.
—Has venido con tu madre. ¿Y lo estáis pasando bien?
—Sí muy bien. Pero no hay más niños.
—¿Hay más gente en la casa?
—Unos señores de Metz y otros de Alemania.
—Y dos turistas extraños muy aburridos. A veces se tumban en el suelo. No hablan mucho. No quieren jugar nunca a nada. Se pasan el dia en el sótano, haciendo gimnasia. Uno de ellos está siempre enfadado y riñe mucho. Nunca duermen a la vez.

—¿Y no habéis hecho ninguna excursión Cosette? Vivo aquí muy cerca, dijo el agente y hay un zoo precioso, con un montón de animales, cerca de aquí. ¿lo sabíais?

—No, abrió los ojos la niña, interesada.

—No te gustaría ir? Dile a tu madre que mañana, a las diez, pasa un autobús por todas las casas de la zona. Organizan fiestas de niños….y hay invitaciones gratis.

El agente se despidió y la niña volvió a la casa. Pasados dos minutos recibí la llamada del Jefe de la Operación. Estaba apostado a un centenar de metros de la casa. Su agente había hecho la primera parte, pero no querían entrar con tanta gente dentro. Para no desorganizar el equipo, teníamos que participar en la operación y esperar que una niña aburrida entre mayores lograse convencerles del plan.

Thierry y Jaqueline, que habían seguido a los jóvenes hasta el encuentro en el sendero, seguían en la zona preparados para una posible huida de "propios o extraños". A la mañana siguiente se presentaron los dos en el camino que llevaba a la casa Jaqueline vestida de azafata y Thierry con uniforme de conductor, gorra de plato y logo de la misma empresa, en una guagua que conseguimos aquella misma noche en San Dieu des Vosgues, después de que Jaqueline convenciera al dueño, al principio reacio, para que anulara dos excursiones. En el parabrisas había un cartel serigrafiado aquella misma noche en una imprenta que tuvo que abrir al efecto con la palabra Zoo y el dibujo de un mono. Cosette convenció pronto a su madre y los alemanes y los de Metz se apuntaron, terminados de convencer por la capacidad de persuasión de Jaqueline.

Akram y Fahed, dentro de la casa, no quisieron utilizar la fuerza para retenerlos ante los preparativos del divertido plan para no delatarse ni levantar sospechas, pero trataron de disuadirles asegurando que anunciaban agua, frío, tormentas y un tiempo desapacible y que el parque llevaba años cerrado. No pudieron con el empeño de Cosette.

La guagua se fue monte abajo.

Los sensores detectaban ya solo 2 personas en el hotel pero las sombras habian desaparecido. No se había detectado túnel ninguno. Para evitar cualquier error, el equipo trataba de confirmar a través de las luces y equipos biométricos la identidad de Akram y Fahed por las siluetas. El lugar se habia quedado en silencio y sólo se oía el aire y el olor a madreselva, los pájaros y el rumor lejano del bricolaje de algún vecino. Era cuestión de decidir el momento. Sólo si los sorprendíamos desarmados y no había riesgo, saldrían con vida. Sabíamos que no se iban a entregar. Y que a la desesperada se llevarían con ellos los que pudieran.

En ese momento Didier Gedoux, el jefe del operativo, decidió provocar la contestación a un disparo pero sólo siguió el silencio. La luz permitió ver cómo se agachaba uno de ellos. A continuación se apagó la luz.

Para entretenerse sola Cosette había pintado con tiza un cascayo encima de las losetas de asfalto empedradas y cada vez que la pisaba, dejaba ver con respecto al resto del pavimento una pequeña holgura, que ocultaba una trampilla con un argoya que se confundía con el material del suelo.

Pasaron los cinco minutos más difíciles.

Los terroristas provocaron algunos ruidos de distracción. Encendían distintas partes de la casa y todo tipo de aparatos cuyas ondas magnéticas pudiesen provocar algún tipo de confusión respecto a su ubicación. Estaban dejando que nos acercásemos lo más posible. Los primeros del grupo de asalto estaban a apenas treinta metros.

De pronto, provocaron una explosión y del garaje salió una llamarada enorme del depósito de gasoil. Un par de agentes del grupo de asalto con chalecos y trajes innífugos fueron alcanzados por las llamas.

Acto seguido los terroristas comenzaron a disparar. Los francotiradores tuvieron inmediatamente su situación exacta por el sonido de sus balas. Pero finalmente, ante la confusión provocada por el fuego desde la parte trastera de la casa el equipo empleó gases lacrimógenos especiales tratando de sacar a los terroristas de aquel depósito.

Entre aquella espesa nubareda que apenas dejaba ver más allá de un par de metros, cuando ya no podían respirar y, sabiéndose rodeados, a través de una pequeña trampilla del sótano sobre la cual Cosette había pintado el cascayo, emergieron cubiertas de polvo y humo las siluetas de los dos fanáticos terroristas disparando en todas las direcciones y haciendo explosionar finalmente los cinturones que llevaban adosados a su cuerpo. Didier Gedoux, el jefe del operativo, dijo que aquello era un acumulador de odio y terror y que sólo en el último instante le pareció ver la mirada de miedo en el rostro de aquellos hombres.

El leopardo durmiente y su sirviente habían terminado su misión,
—entonces creíamos que sin éxito—, en su pretensión de reclutamiento para Al Nusra. Pero habíamos cortado sólo una rama. Algunos de los que formaban parte de la lista llegaron a Siria.

A partir de aquel preciso momento, desde Lanley trataron de reti-
rarme de la Operación, por implicación "personal", dijeron.

Por un lado San Dieu des Vosgues había sido una liberación de
aquel fantasma que se había aparecido en mi vida mucho antes de
la "Operación Angleur". Por otra, deseaba capturarlos con vida. Y
haberlo hecho yo.

Desde que lo conocí, mucho antes del Vigiparate en Paris, su imagen me despertaba en mitad de la noche. Era una sensación extraña.
No sabía si yo perseguía su sombra o su sombra me perseguía a mí.
Eran ráfagas de imágenes sueltas superponiéndose, como aquellas a
las que había hecho mención el acusado al principio del juicio.

Cortes repentinos de luz, vista nublada, un quirófano con vendas
y gasas impregnadas de sangre tiradas en el suelo desde ni se sabe en
el Hospital oftalmológico de Alepo, el bar del Hotel Baron.

Y antes de todo aquello, en uno de los recorridos por las ruinas
de Alepo, en el norte, con los cazabombarderos rusos shukoi de All
Assad sobrevolándonos me dijo. Espere. No se mueva. Tengo que
ver a un informador. Recuerdo que estábamos muy cerca del edificio
del Ejercito de liberación sirio, formado por desertores del régimen.

Aquello no me gustó. Una manzana más allá se detuvo una pick up de la que bajaban a empujones a tres hombres con los ojos vendados. Me parapeté detrás de lo que quedaba de un muro. Aquello estaba sucediendo a espaldas de la ciudad. La mayoría de los alepinos no se enteraban. Pero no los llevaban hacia el edificio del Ejército Sirio de Liberación, sino hacia un edificio vecino. Creí reconocer a un reportero de guerra y a un fotógrafo de prensa americanos que habían pasado por el bar del Hotel Baron. Vi con ellos el antifaz de Nora que los trataba con mucha complicidad y señalaba adonde yo estaba. La rosa del desierto me había entregado. Nora pertenecía a la AMNI, "la Amniyyat", el servicio secreto que los yihadistas habían creado a imagen y semejanza del nuestro. Cómo una cosa tan bonita podía esconder tanto veneno.

Pronto se acercaron tres hombres vestidos de negro y con pasamontañas, por lo que lo vi feo. No por mucho tiempo. Escuché a mis espaldas una voz grave: ¡Acompáñenos! No estaba enfermo. "Era enfermo".

—¿Adonde?
— A la furgoneta. Eran tres. Tapicería azul. Llavero verde. Golpe en carrocería golpe delantera derecha. Cuerdas en el salpicadero. Un mechero verde. Muñeco del Tio Sam colgando del retrovisor delantero. No me dio tiempo a retener más. Me pusieron una capucha negra. Hacía un calor insoportable. Y dentro mucho más.
— ¿Donde me llevan? Pregunté tratando de identificar voces.
—No haga preguntas.

Hablaron entre ellos. Uno tenía acento americano, el otro entre holandés y marroquí y el último belga, el menos violento de los tres. Sonaba la alarma de bombardeo de los aviones del régimen de All Assad. El viaje duró apenas ocho minutos, pero en seguida me di cuenta por los ruidos que habíamos vuelto al mismo sitio.

Me bajaron con cierta violencia. Bajamos escaleras. Aquello tenía que ser el famoso sótano del Hospital oftalmológico por el número de escaleras que bajamos. Una paradoja más de la guerra frente a Basser Al Assad, médico oftalmólogo. Pronto se oyeron gritos desgarradores que venían de las salas contiguas de aquel Hospital donde antes de la guerra se controlaba la correcta visión de los alepinos.

Me metieron en un quirófano y sustituyeron la capucha que llevaba por una venda. En el cambio pude ver un montón de vendas sucias tiradas por el suelo, restos de sangre en los azulejos de la pared y dos yihadistas barbudos tatuados hasta las cejas, apuntándome a la cabeza.

Seguramente por orden de aquel al que decían Jeque, los yihadistas comenzaron a golpearme violenta y alternativamente en el pecho y en el abdomen y después en la cara durante veinte minutos. Escupía la sangre como podía para no ahogarme y los ojos ensangrentados ya no notaban ni la venda.

De pronto se oyeron los gritos de alguien que entraba con mucha autoridad a la que siguieron murmullos de los yihadistas que me rodeaban.

—Quítale la venda, dijo el que acababa de entrar. No era una medida de gracia, sino algo necesario para limpiarme la sangre de la boca. Los ojos hinchados y amoratados apenas veían ni se distinguían. Así que ya no me volvieron a colocar la venda. Hasta que comenzé a sangrar sin parar por la boca.

—Dinos perro para quien trabajas, ¿Muckabarat, CIA, DGRE,..?

—¡Qué has venido a hacer a Siria!

Lo recuerdo como si lo tuviera hoy delante. Era Fahed Kadhid. De tez morena oliva, mandíbula sobresaliente, de cejas, pestañas y ojos negros amenazadores saliéndose de sus cuencas, reclamaba mi procedencia y la razón de que estuviera en Siria. Aquel hombre cuyos gritos aterrorizaban a sus subalternos, vestido de militar, fue el único que se quitó el verdugo. Era mal síntoma. Sentado en aquel frío quirófano con las paredes cubiertas de azulejos verde, "el leopardo durmiente" pidió a gritos el móvil.

—¿Sabes para qué es? Me preguntó amenazante. Te voy a degollar y lo voy a transmitir por Youtube.

Capítulo 18

El juicio del Tabou

Dos años después de la puesta de sol en los Vosgos, llegó el señalamiento del "juicio del Tabou" por la muerte de Oberón Dubois.

En realidad y oficialmente nosotros "nunca estuvimos en el Tabou", así que no fuimos citados a juicio. Pero como quiera que la víctima Oberón Dubois y los jóvenes de Rue Madame habían tenido relación con los terroristas, teníamos que estar en las sesiones del juicio porque la "Operación Anfleur" no estaba cerrada.

Celarié era muy eficaz en otras tareas, pero demasiado inquieta para registrar las sesiones del juicio. Y como la DGSE también iba a estar allí, determinamos que fueran Jaqueline y Thierry quienes me acompañaran con sus grabadoras ocultas en sus zapatos, durante las sesiones del juicio. Uno de ellos pitó en el arco de la entrada pero, después del cacheo correpondiente, no encontraron nada y pasó sin más.

Aquella mañana de noviembre, durante un receso en el Palacio de Justicia de Paris, me acerqué al Sena. Hacía fresco y ya había que levantar el cuello de la gabardina. Repetí el paseo con Marion hasta Place Dauphine y la proa de Saint Luis, recordando aquella tarde del Vigiparate y las horas previas en que sucedió todo lo que se estaba juzgando allí dentro. Desde el seguimiento de los jóvenes y la fiesta hasta la muerte de Oberón y la puesta de sol en los Vosgos.

Al volver a la Sala, el Fiscal había apreciado la agravante de alevosía, al tratarse de un ataque súbito y por sorpresa, prevaliéndose de que la víctima estaba de espaldas al agresor, por lo que calificó los hechos como asesinato.

El abogado de la acusación Mâitre Vergemont invocó, además de la alevosía, el ensañamiento por "los sufrimientos adicionales causados a la víctima".

Es cierto que la víctima consideraba al acusado un inútil, como lo hacía su propio padre. Durante el interrogatorio el abogado de la acusación provocó al acusad repitiendo los mismos menosprecios de Dubois y su padre de tal modo que fueron necesarios dos abogados y dos ujieres para sujetar al acusado, que ya había abandonado su estrado, antes de que lograra cruzar la alfombra hacia Vergemont.

—Orden!, orden! gritó el presidente del Tribunal golpeando fuerte con el mazo, viendo que se le revolvía el gallinero.

Durante otro momento sorpresa para los allí presentes la acusación afirmó la concurrencia, junto a la alevosía, del agravante de ensañamiento, por haber girado el acusado el cuchillo dentro del cuerpo de la víctima una vez clavado, lo cual no había resultado en absoluto probado durante el juicio. Y aunque hubiesen sido varias las puñaladas argumentó la defensa, no hubiese habido ensañamiento, por no existir "una maldad reflexiva" como expresión del deseo de causar la muerte de Oberon. Y a mayor abundamiento, señoría, dijo Mâitre Dumas, porque el carácter bronco, desagradable y grosero y la frialdad de ánimo, concurrían más bien en la víctima, que en el acusado.

El fantasma de Bataclan sobrevoló durante todo el juicio pero lo cierto es que, a mi personalmente, acostumbrado a otras Salas y otro tipo de juicios, el del Tabou me parecía "un juicio sin contexto". Cierto que no es tarea fácil. Y que para averiguar la verdad el Tribunal debía desbrorzar, entre la selva que a veces generan las partes, en ejercicio de la legítima defensa. Desvelar la verdad de los hechos, sí, pero al fin y al cabo, hechos cometidos por humanos. Si a la justicia no le interesa la condición humana…¿Cómo puede "dar a cada uno lo suyo" si no sabe qué es lo de cada cual? Quizás desde Langley tuvieran razón con lo de mi excesiva implicación personal.

La abogada de la defensa y su equipo eran optimistas, dentro de la dificultad del caso. La testifical era favorable. Con unos interrogatorios en los que nadie admitió haber presenciado los hechos ni haberse percatado de lo sucedido hasta, al menos treinta segundos, si no minutos después.

Durante la pericial médica de la defensa, dos prestigiosos psiquiatras de Paris, coincidieron en su dictamen. El profesor Henry Lasqueux, catedrático de la Sorbona manifestó que "la embriaguez patológica y no deliberada, los claros signos de organicidad difusa revelaban un descenso de conciencia debido a las grandes cantidades de alcohol consumidas aquella noche por Mäel y sus amigos, ademas de los fuertes estímulos afectivos negativos sufridos por el acusado."

Y el Doctor Pascal Villeume, de Salpêtrière, puntualizó: —"Todos los rasgos de una embriaguez patológica se dan en la anamnesis de Mäel: consumos altos de alcohol, ayunos proteicos, amnesias lacunares, funcionamiento impulsivo que conservando la motricidad desciende en atención y conciencia, voluntariedad y cálculo de sus actos y, sobre todo, huida en un segundo estado." Informes que llevarían a la defensa, a afirmar que no existía asesinato porque la alevosía, enfatizó Catherine Dumas, "es incompatible con un estado pasional exacerbado".

La defensa abundó también en la historia personal de Mäel, la insufrible presión y el trato vejatorio continuo por parte de su padre, con reproches continuos sobre su inutilidad, su escasa valía, su nula capacidad para casi cualquier cosa, reproches que reprodujo incluso antes sus amigos, muy especialmente, durante las semanas previas a la inauguración del Tabou. Y entonces Catherine Dumas desmontó la agravante de alevosía como quien desmonta las piezas de un motor:

Entre los curiosos y habituales de aquella enorme Sala del Palacio de Justicia, que asistían como a misa, había murmullos y división de opiniones de hombres clementes e impenitentes que rebotaban como preces en aquellos techos majestuosos, gente con afán de justicia que pedía para el acusado prisión permanente y algunos habituales que iban sólo a distraerse, mujeres para las que el ahorcamiento del acusado hubiese sido poco y otras a las que su clemencia inclinaba hacia la inocencia, o al menos la comprensión, del acusado.

Finalmente el Tribunal suspendió la Sesión, ante el cuchicheo del público que desalojaba la Sala, dejando para la semana siguiente los Informes de las partes.

Reanudadas las sesiones el lunes, llegó el turno del abogado de la acusación particular, maître Vergemon, un conocido abogado del terror parisino contratado por la viuda de Oberón Dubois, Helene Sintier, quien esa misma tarde—noche de la fiesta del Tabou había presentado una denuncia contra su propio marido en la Prefectura de Paris por malos tratos y había reconocido a los agentes haber sido echada a empujones por su marido del local de la fiesta en varias ocasiones.

Aparte de tachar a varios testigos y tratar de desmontar los informes de los doctores alegando su condición de peritos de parte, la acusación se centró en la existencia de premeditación, la concurrencia, de alevosía y la calificación incontestable de asesinato al haberse prevalido de la indefensión de Dubois y apuñalarle por la espalda.

Pero donde el extravagante maître Vergemon puso el acento fue en la petición del resarcimiento a la viuda de Dubois por daños morales de la víctima, que dada la denuncia presentada esa misma noche por su clienta contra el fallecido, no parecía encontrar excesivo fundamento en el daño emocional o sentimental. Por eso donde hizo sobre todo hincapié, con su fria y temida oratoria curtida en la defensa de los más extraños monstruos y los terroristas más sanguinarios que puedan imaginarse, fue en la cuantificación de los citados daños que era, en último término, el único objetivo de la viuda de Oberón para sumar su acusación particular a la acusación pública del Procureur de la Republique.

Al término de su arenga, Vergemont, con aspecto más temible y siniestro que el de muchos de sus defendidos, concluyó montando otro de los espectáculos circenses que solía montar en estrados pero con el argumento irrefutable, —eso sí,— de que una muerte es una muerte y una vida arrebatada un vida arrebatada. Comenzó a continuación su informe Catherine Dumas, la letrada de la defensa:

Con la venia de la Sala:

Como ha resultado acreditado a lo largo del presente juicio, cuando llegó al local, el hoy acusado llevaba más de una semana sin apenas dormir y allí trabajó hasta la extenuación ayudando a amigos y profesionales durante jornadas de 12 horas con el fin de limpiar, arreglar y pintar, pintar las paredes, barnizar el suelo, limpiar las lámparas, y finalmente colocar los muebles y acondicionar el Tabou para su apertura el 21 de junio.

Los tres Magistrados, curtidos en mil procesos, ni se movían ni parpadeaban. Parecían de cartón piedra, porque lejos de lo que la gente cree, el poder no es tanto cuestión de acción, como de posaderas. Tenían en sus manos el futuro del acusado.

Los cuatro amigos, mi joven patrocinado y los otros tres compañeros que hemos escuchado como testigos, explicó Dumas, habían hecho coincidir la apertura del local con la Fiesta de la música de Paris, y para lograrlo en una semana de trabajos "forzados" habían llegado exhaustos a la apertura, siendo el acusado, entre los cuatros amigos, el de complexión más débil. Tal agotamiento, al cabo de trabajo intensivo, sería suficiente para tumbar a cualquiera e impedirle prácticamente mantener la verticalidad el dia de autos.

Pero el agotamiento no fue sólo físico, Señorías, sino también psíquico, que es mucho peor, mediando una provocación de tal magnitud por parte de la víctima. Los testimonios que hemos escuchado en esta Sala, uno detrás de otro, han acreditado que, durante la larga noche de autos o incluso antes, las innumerables víctimas de los malos modos del fallecido parecían ser el chivo expiatorio de una fiera enjaulada.

Tambien ha resultado acreditado que a lo largo de aquella noche los organizadores bebieron y se medicaron para armarse de valor ante el desafío que suponía una fiesta de tal naturaleza para jóvenes que, ni eran profesionales de la Hostelería, ni se dedicaban a eso.

La letrada hizo una pausa para tomar aire.

¿Sra letrada? preguntó el Presidente del Tribunal.

Sí Señoría. Considera esta defensa que es justamente ahora cuando llegamos al fondo de la cuestión. Y es que, a lo largo de las sesiones de este juicio, ha sido acreditado todo lo que acabamos de referir. Todo, menos la autoría.

Aquella afirmación provocó un importante revuelo en la Sala. La confusión del momento fue tal entre los asistentes que se percataron de los hechos, que iban de un sitio para otro, alertando los más cercanos a los demás, como fichas de dominó. Por otro lado, la prueba de Criminalística ha concluído que el arma del crimen tiene huellas de al menos siete personas diferentes. Siete.

Hemos escuchado como una de las testigos, —se refería a la Bellas aguas—, ha declarado que ella y el acusado volvieron al local de donde había salido hacia las 3.45 h. de la noche de la madrugada y se dirigieron dificultosamente a la barra por la gran cantidad de gente que allí había. En ese momentos ella reparó, porque Mäel venía bebido, en que una camilla entraba a recoger a alguien que pensó, se habría puesto enfermo.

En el momento del suceso, entre aquella multitud habría no menos de veinte o treinta personas moviéndose en el entorno de la víctima cuya personalidad habitual, durante aquella noche había sido ofensivo con decenas de personas, incluído el acusado.

En definitiva, señoría, en el momento en que Oberón Dubois se desplomó, estaba rodeado de gente. Gente en corrillos a su derecha, gente bailando a su izquierda, gente de frente, gente a sus espaldas. Por eso hasta que los mas próximos se dieron cuenta del derrumbamiento de la víctima como si fuera una de la Torres gemelas, transcurrieron unos segundos que, al margen de que el grado de intoxicación etílica de gran parte de los asistentes contribuyó no poco a la confusión del momento, que habrían permitido a cualquiera de los que allí estaban cometer el hecho.

O sea, concluyó el informe de la defensa, que en mi defendido, aparte de ser, como todos, nosotros, "víctima de víctimas", no sólo concurren circunstancias que atenuarían la responsabilidad criminal. Es que ésta ni siquiera existe. Ninguna prueba practicada en este juicio relaciona indubitadamente la muerte de Oberon Dubois con mi patrocinado.

En el cuchillo empleado han sido recogidas huellas de cuatro personas, alguna aún no identificada, a pesar de haber sido solicitada reiteradamente habiendo obtenido por toda respuesta el NAR. Nothing recorder against. No estan fichados.

La abogada de la defensa concluyó su intervención solicitando la libre absolución de su defendido, con todos los pronunciamientos favorables y dejando la duda flotando en el ambiente como un perfume fuerte y molesto, junto a la petición subsidiaria a los efectos de agotar la defensa.

—Con la venia de la Sala, tomó entonces la palabra, engolando su grave voz, el representante mâitre Vergemont, en nombre de la viuda de la víctima. Ha sido un buen intento de mi estimada compañera, inició el abogado de la acusación, pero su exposición me ha producido la misma impresión que si las Torres Gemelas hubieran caído y no se hubiera enterado ni el conserje.

Catherine Dumas señaló con el dedo índice, como diciendo, ¡exactamente eso fue lo que pasó en ambos casos! ¡El Conserje desgraciadamente no se enteró!

Pero maître Vergemon, contraatacó. Señoría, pretende mi compañera con vano afán, hacernos creer que la noche de autos el acusado pasaba por allí. Pero, pese a su aspecto ingenuo de no matar una mosca, quien hoy es objeto de enjuiciamiento, segó una vida para siempre. Nos ha hablado de vejaciones por parte de su padre, sin duda exageradas en su afán exculpatorio, pero aún considerando la lógica presión paternal ante su inutilidad y su desidia, ahondó en la llaga Vergemont, hubiera podido quitarse de en medio pero en su lugar, quitó de en medio a Oberón Dubois.

Permítame señalar el Tribunal que el hoy acusado no sólo era el que estaba más cerca de la víctima. Era el que tenía más relación, el que lo conocía como vecino y el que más tiempo estuvo con la víctima durante toda la noche. Más incluso que Helene, su mujer. Y que, por si eso fuera poco, durante en ese tiempo discutieron acaloradamente en varias ocasiones, al margen de tener amigos comunes, entre ellos, el buquinista egipcio Gabi Mustafá. Ha sido indubitadamente acreditado que acusado y víctima estaban juntos minutos antes del suceso, que salió minutos después del local y sobre todo, y muy fundamentalmente, que sus huellas estaban en el cuchillo que acabó con la vida de Dubois.

Vergemont terminó con la exigua pensión de viudedad de Helene Sintier, la mujer de la víctima y su demanda de resarcimiento de daños morales, que motivó el murmullo de todo el mundo conocida como era la tumultuosa relación que Oberón Dubois y su viuda mantenían, tratando la acusación de desbordar en su cuantificación de los daños, los baremos que para la muerte violenta tenía estimada la jurisprudencia.

Lo que nosotros sabíamos y no podíamos hacer valer era que interceptadas todas las comunicaciones o siendo susceptibles de serlo aquella tarde, durante la fiesta del Tabou, los sicarios de Akram y Fahed habían ido a recoger la lista de Reclutamiento que habian confiado a los jóvenes de Rue Madame y a borrar huellas. En la lista los jóvenes habían incluído a Oberón en un intento de quitárselo de en medio. Pero, para los terroristas, sabía demasiado. Así que desde su escondite ordenaron a Darwish y Dumani liquidarlo, tratando de utilizar para ello a Mäel. No podían dejar huellas. Dubois habia llevado sus libros, su financiación y sus cuentas. No podían arriesgarse a que ningún chivato pudiera largar sobre su actividad, su financiación y su labor de reclutamiento en diversos paises europeos. Y eso incluía a Oberón y a los jóvenes de Rue Madame. Sabían demasiado.

Pero alguien se les adelantó.

Veinte dias después de la vista, el procurador llamó al despacho de abogados. Había Sentencia. Contra las expectativas de abogados, peritos y muchos de quienes acudieron a las sesiones del Juicio, el Tribunal desestimaba los alegatos de la defensa y concluía que sí existía asesinato, del cual era responsable Mäel Somme en concepto de autor, siendo condenado por ello a 18 años de cárcel.

La sentencia fue un mazazo para todos los amigos de Mäel, casi más que para él mismo, que parecía asimilar aquello con una mezcla de estoicismo y resignación. Al Tribunal no le habían interesado las circunstancias ni el contexto. Ni los antecedentes de la victima, ni los del acusado. Ni siquiera las circunstancias inmediatas de la fiesta del Tabou.

Que la justicia dé a cada uno lo suyo, es un propósito, una intención. Cuando el resultado es una muerte, una pérdida, la justicia del Estado no tiene mucho que ver con la tranquilidad de la víctima, aunque la viuda de Oberón Dubois la había capitalizado al detalle.

Después de una minuciosa preparación técnica la sentencia fue recurrida en casación. Dos años después, ante la incredulidad de todos, la Corte Suprema ratificó la Sentencia, sin apreciar siquiera el error de instancia, como pretendía Dumas y su equipo al condenar ante la inexistencia de "evidences" suficientes de autoría ni tampoco la circunstancias que, si no eximían, al menos atenuaban la responsabilidad criminal.

Después de que los abogados le comunicasen el fallo, Mäel que se hallaba en prisión provisional, fue visitado por sus amigos una fría mañana de febrero. Les recibió dinámico y sonriente entre saludos a los funcionarios de la prisión que encontraron en su camino mientras se dirigía al locutorio. No cabía duda de que era un recluso diferente. Tenía buen aspecto y ánimo. Se había hecho amigo de todos los funcionarios e incluso había iniciado dos cursos de derecho a través de la Universidad a distancia. Se podía decir que en cierto modo, —sólo en cierto modo,— la reclusión le habia ayudado a conformar su vida.

Terminada la vía judicial, y sin tirar la toalla, el despacho de abogados comenzó la tramitación de la solicitud del indulto, que después del expediente correspondiente y por razones extraordinarias concede en contadas ocasiones el Gobierno de la República francesa.

Después de tres años en prisión, amigos y conocidos estaban a la espera del referido indulto a la vista de los antecedentes policiales, lo obrante en el expediente y su excepcional comportamiento en prisión.

Pero siempre surge un imprevisto.

Capítulo 19
Carta de un desconocido

Algunos meses después de la Sentencia, con Mäel recluído en el Centro Penitenciario de la Santé, recibí una llamada de Cloe, con la que, sigo teniendo contacto ocasionalmente para "asuntos europeos". Me dijo que seguía visitando a su amigo regularmente y que la Asociación Saint Germain se había movilizado por lo del indulto, solicitado por el despacho de abogados. Después de un rato de conversación al teléfono, Cloe me dijo que tenía algo para mi. Que si podíamos vernos.

A psar de que sabía que desde Langley habían considerado mi apartamiento por " implicación personal", no me había llegado comunicación alguna en este sentido.

Acudí a la cita en el Café de la Paix. Me recibió con su "seriedad sonriente" de siempre. Y con esa "chupatz", esa famosa mezcla de desvergüenza y atrevimiento que caracteriza a los israelíes, algo realmente útil para un espia. Llevaba gafas de sol y un bonito sombrero.

—¡Qué tal Richelieu!, me recibió. Me llamaba así desde la noche del Tabou, por el seguimiento que habia ordenado de ella y sus amigos de Rue Madame. Aquella tarde hablamos largo y tendido de Mäel. No era un recluso normal. Era muy popular. Tenia buenos amigos entre los funcionarios de la prisión, estudiaba derecho y los abogados decian que nunca había visto a un cliente desenvolverse así por los pasillos de un centro penitenciario. Parecía un funcionario con galones. Los informes de conducta eran todos favorables al indulto.

Mientras daba pequeños sorbos a su taza de té, Cloe me confirmó lo que yo habia descubierto la noche del Tabou. Que pese a su juventud, pertenencía al "Katsa", una de las agencias de información, inteligencia y operaciones encubiertas del Mossad.

Pero ese no era el objeto de la reunión. Me dijo que había estado con Mäel el día anterior y que él ya conocía todo lo que me estaba diciendo, y todo lo que me iba a decir a continuación.

Con una voz más grave de lo habitual me dijo entonces que había llegado al Tabú una carta dirigida a ella escrita en árabe y sin huellas, fechada en Londres un mes antes, que incluía los ADN de todos los que habían tenido contacto con el cuchillo que mató a Oberón Dubois, incluyendo los que la forense no había podido precisar ni atribuir a nadie durante el juicio.

Mostré mi sorpresa.

El remitente, —prosiguió Cloe—, un miembro de la Muckhabarat, había estado en el Tabou la noche de la fiesta bebiendo con los jóvenes de Rue Madame. Las muestras que recogió de los vasos le habría permitido al remitente enviar a Londres el ADN de todos, —incluídos Dubois, Darwish y Dumani—, lo que había permitido discriminar a quienes, siquiera por un momento, habían manejado el cuchillo que mató a Dubois, y lo más importante, identificarlos.

El autor de la carta, que ahora te daré, a cambio de lo que me darás tú, dijo Cloe, aclaraba también que los terroristas Fahed Khadir y Akram Wahhab habían organizado todo para conseguir un nuevo reclutamiento y una vez llevado a cabo, borrar las huellas del mismo. Y las huellas principales de toda esa operación que buscaba con urgencia mercenarios para la guerra de Siria, eran quienes habían participado en el proceso, Oberón Dubois y los jóvenes de Rue Madame. Su objetivo, matar a Dubois y a continuación a los demás.

A pesar de los servicios de inteligencia que estábamos allí dentro neutralizándonos unos a otros, Darwish y Dumani iban a tener, aquella noche, cinco minutos de confusión entre el desplome de Oberón Dubois, el remolino de gente, la aparición de un médico entre los invitados, los intentos de reanimación, el silencio de la música y el tiempo perdido por el pánico, antes de que llegasen las asistencias de Salpêtrière, la policía y la comisión judicial al levantamiento del cadáver.

Dumani se encargaría de Dubois y acto seguido, aprovechando el revuelo, de Cloe y Mäel que no estarían lejos. Y Darwish "Caillebote" se ocuparía de los otros dos, Jules y Martin, que estarían, seguramente, en otro extremo del local.

Cumplida la primera parte de la misión, abandonarian el Tabou aprovechando la confusión. A la puerta del local, dos hombres con dos motos de gran cilindrada los sacarían del Boulevard Saint Germain a gran velocidad, salvo que las circunstancias aconsejasen huir mejor a pie por la Rue de Rennes.

Pero tras recibir comunicación del colapso de Oberón, a través de un celular geolocalizado por Gerard en la banlieu, los terroristas "se olvidaron" de la segunda parte. Habían utilizado a sus sicarios, —ex miembros de la inteligencia siria—, para distraer a las demás inteligencias presentes en el Tabou, de los movimientos y del paradero de los dos terroristas Akram Wahhab y Fahed Kahid.

Dumani, uno de los sicarios, había llegado a coger el cuchillo para matar a Oberón e incluso a caminar hacia él, pero aquel momento no era propicio para alcanzar la salida.

Darwish, descubriendo la encerrona de sus jefes habia intentado dejar el local pero fue sujetado por Cloe para incorporarlo a la conga y aunque en un primer momento trató de zafarse, Cloe no soltó presa.

Indudablemente, el autor de la carta estaba en el Tabou, dijo Cloe mientras levantaba la cabeza de la carta.

Hizo entonces un paréntesis en su lectura, levantó la cabeza, para leer mi rostro, beber un sorbo de su té verde y relatar su recuerdo de aquellos inolvidables e intensos dias de la fiesta del Tabou.

Recuerdo, dijo Cloe mientras me escrutaba, las agotadores jornadas de las obras cuando levanté las sábanas de los muebles del viejo despacho y encontré el candelabro de siete brazos, hasta el tour por Paris con el que pretendí simular el cumplimiento con los financiadores y a la vez distanciarme de los sirios. Pretendía burlar vuestro seguimiento, pero tambien huir de los terroristas para que no pensárais que éramos de los suyos.

Por supuesto que sabíamos que ibais a estar allí. Había tantos servicios alerta con la inauguración que teníamos que despistaros también a vosotros. Nosotros pretendíamos neutralizar a Dubois y a través de él, a Akram y Fahed. El reclutamiento yihadista constituye para Israel, un peligro permanente.

Durante la reunión con Cloe, ordené delante de ella a los laboratorios un contraanálisis y su correspondencia para terminar de averiguar los cabos sueltos de lo que me estaba queriendo decir.

Pero en realidad, el examen ya lo habíamos hecho nosotros. Sabíamos que en el cuchillo conservado en depósito por el Tribunal junto al resto de las pruebas del juicio, habia ADN de cinco personas.

Jules, Martin, Mäel, todos los que habían manipulado el cuchillo en la cocina, más el de otras dos personas. Las dos que faltaban por concretar:

Momentos antes de que Oberón se desplomase junto a Mäel,
Jules estuvo cortando jamón con el arma del crimen, enzarzado con un grupo de bebidos y groseros del partido que se lanzaba al jamón como posesos.

Por la tarea que le esperaba fuera y dentro del Tabou, Cloe había jurado, con reivindicación de mujer, no entrar en la cocina más que a por las bandejas de canapés que había traído de su "excursión". Y así lo había hecho.

Martin, que también había estado en la cocina reia, en el momento del suceso, con un grupo de sanitarios que despúes de haber peleado con el covid durante meses, aquella noche contaban chistes, reían a mandíbula batiente y se lo estaban pasando en grande. ¡Ça c'est drôle! repetían.

El cuarto ADN correspondia a Amin Dumani, uno de los hombres que los extremistas enviaron al "Tabou" para liquidar a Oberón.

Dumani y Darwish, habían sido enviados por los terroristas, para borrar un rastro de dos metros y ciento veinte kilos. Pero las pruebas de ADN unida a los sensores de movimiento mostraban que Dumani, si bien tuvo el cuchillo en su mano unos segundos, en ningún caso fueron los suficientes para llegar hasta donde en ese momento estaba Oberón.

Envuelto en un rodillo lleno de grasa, despúes de sostenerlo unos segundos, desistió de su propósito y volvió a dejarlo en la barra, al reconocer en el local demasiados agentes "extraños". Finalmente, había dicho Cloe, le dejamos ir porque pensamos que nos iba a llevar hasta "el leopardo y su sirviente".

Nosotros sabíamos también que en el cuchillo que acabó con la vida de Oberón había ADN de alguien que no había ayudado en cocina.

Y aunque yo mismo había permanecido en el local todo el tiempo conectado permanentemente con mis colaboradores y colocado estratégicamente, "salvo el momento Marion", sólo pude ver, aunque tarde, el cuando, pero no el cómo ni el porqué.

Por eso decidí remitir la carta al Tabou. Y por eso le pedí al hijo de Naqueb que la remitiera desde Londres. Había sido finalmente Zafir Khan, el hijo de mi amigo el coronel afgano, el que sin huellas, ni siquiera electrónicas, remitió la carta desde Londres en los términos exactos en los que se lo pedí. La noche de la fiesta habíamos recogido los ADN de los jóvenes, Oberón y lo sirios. Mi intención al enviarla era conseguir las piezas que me faltaban.

Dias después volví a reunirme con Cloe. Le informé de que teníamos la comprobación de los resultados de ADN y quedamos en vernos de nuevo en el Café de la Paix días después.

—Que tal Richelieu! Me saludó con su seriedad sonriente. Le pregunte por Mäel. Bien, bien, Los educadores dicen que estudia mucho. Acaba de aprobar otros dos exámenes, me dijo riendo. ¿Y Jules y Martin? En la Residencia, preparando alguna. Mañana volveré al Centro Penitenciario a ver a Mäel, me dijo.

Ha pasado ya tiempo. Y creo que ha llegado el momento de contarte lo que se os escapó aquella noche, dijo Cloe, porque yo lo viví desde dentro. Habíamos anulado las cámaras que habíais instalado porque allí iba a "suceder" algo.

¿Recuerdas el momento de la conga?

—Perfectamente, contesté...

La había iniciado con el fin de generar desconcierto. Y al final, con su formación caótica, marchaba algo más cansada, lógicamente.

Recordarás que aquella conga interminable se prolongaba, me dijo. Los manoseos, los sudores y los olores comenzaban a hacerse insoportables. El alcohol impedía a muchos coordinar los movimientos de aquella serpiente multicolor, un tren de cada vez más vagones.

Ni las curvas de aquella serpiente, ni los caidos por el camino, ni las groserías de aquellos majaderos, ni los efluvios del alcohol, podían detener aquel tren en su camino imparable.

Después de un buen rato y no sin dificultades, continuó Cloe, logré hacerme a un lado, sin perder detalle de la situación como si tuviera una cámara de 360 grados. Sabía todo lo que había allí dentro de la conga. Allí resistían dos de los vuestros, Jaqueline y Thierry, y otros ex miembros de la Muckhabarat como Darwish…junto a Ivette le Cabessier, Jules, Martin, la Dra. Chastain, un par de jugadores de los blues y decenas y decenas de pasajeros. Incluso el luciérnaga se unió en más de una ocasión.

La conga se perdía, continuó Cloe, al fondo del local. Apenas se distinguía en la cabecera a Martin y a Rasul que "aquella noche me había dedicado los más preciados galanteos que me han dicho jamás y que, por momentos, habían llegado a distraerme". Martin entretanto había pasado del modo "emprendedor" al modo desenfrenado ¡al carajo todo! haciendo de maquinista y de revisor. Recuerdo que gritaba: A la folie! ¡Esto es el acabose!.

Cloe sabía que aquellos individuos de buena presencia que rodeaban a Oberón eran agentes "del leopardo y su sirviente". Cuando llegué a la barra, unos cinco minutos después de haber dejado la conga y de recuperar el resuello, ví a Martin unido desaforadamente a la juerga después de abandonar su quehacer y que, con la curda que llevaba, había dejado descuidadamente en la barra un paño y un cuchillo de cortar viandas para ese hambre que suele llegar con el alcohol tras la exaltación de la amistad y los cantos regionales.

Al volver el tren a lo largo de aquel enorme local se acrecentaban los descamisados, los gritos y las canciones. La conga iba a dar la vuelta a la barra en una especie de pasillo amplio que había por detrás de la barra ovalada, una isla de luz tenue que iluminaba atractivamente las botellas con luces de colores sugerentes diferentes y cambiantes.

Allí estaba a punto de desencadenarse sucesos que iban a írsenos de las manos y pensé que la manera de evitarlo, y de protegernos, desorganizando los planes de los yihadistas era adelantarse.

Cogí el cuchillo y lo sujeté con la liga roja de mi vestido. Di unos pasos esperando la vuelta de la conga, tropecé con algún beodo y corregí varias veces la posición para que, apoyado en un pañuelo que me había dejado Rasul, no me hiciese daño al caminar.

Al llegar de nuevo a su altura tuve que evitar a varios faltosos ebrios y despendolados que trataron de agarrarme para incorporarme a la formación. Esperé que pasase entera para unirme como furgón de cola.

Después de unirme a ella, aproveché el movimiento de la conga para lanzar con los tacones una patada con la que me desenganché de varios espontáneos que trataban de hacer la goma. El tren continuó hacia una de las puertas y como una serpiente imprevisible, giró en redondo antes de llegar al fondo en sentido contrario ganando fuerza y aceleración como un tren en terreno favorable.

Traqueteaba de un lado a otro como cuando un tren cambia de vía y no descarrilaba gracias a los pocos que iban sobrios. El humo era sustituído por los efluvios de las bebidas espirituosas y el silbido de las máquinas por los gritos y cánticos de todos los viajeros eufóricos y alborozados que formaban parte de aquella culebra que no se creía peligrosa.

Volvieron a pasar por el pasillo a la izquierda de la barra ganando aceleración mientras los camareros saludaban divertidamente nuestro paso a sus espaldas.

Al llegar la máquina a "la proa de la barra", la culebra llegó a la altura de Oberón en el momento en que agarrando de la pechera al pobre Mäel, lo habia sacado a pulso de dentro a fuera de la barra mientras seguía gritándole fuera de sí con voces estentóreas de amenaza y desprecio que se pudieron escuchar durante los cánticos sin música de la conga.

La serpiente iba pasando de largo junto a Oberón Dubois que estaba de espaldas y que ni con aquellos empujones se inmutaba. Pero al llegar a su altura la cola del furgón, entre la muchedumbre apretujada de aquella conga medio rota y desmandada, logré sacar el cuchillo de debajo de mi vestido liberándolo de la cartuchera de mi liga. Con una rapidez que nunca hubiera podido imaginar me abalancé hacia Oberón que justo en ese momento se dió la espalda ante el grito que alguien profirió contra su madre, y le asesté una puñalada rápida con una sola trayectoria de abajo arriba. Aquella mole tardó por lo menos diez o quince segundos en caer a todo lo largo en el suelo.

Serían las 03.45 horas de la madrugada.

 Esto fue lo que pasó. Por si con "el apagón de las cámaras se os hubiera escapado algún detalle, aunque ya sé que sabes más de lo que dices, me dijo Cloe.

 Estaba en lo cierto. Allí había mucha gente y todos tenían razones para matarlo, aunque fuesen de distinta naturaleza.

Mäel, personales: Todos deseaban que el chico se quitase un peso de encima. Pero no para siempre.

Los terroristas: para borrar las huellas de sus operaciones y su financiación.

Y las de Cloe, aparte de la amistad protectora de la indefensión de Mäel y las razones de estado o sionistas, ella que no era una nacionalista radical—, eran las que me proponía averiguar.

—Por eso le dije aquella tarde a Cloe en el Café de la Paix:

Por la rapidez de la secuencia, fue Rasul, que no te habia perdido de vista, el único que pudo ver claramente los hechos. Seguramente nadie, excepto él, había presenciado con claridad la fugacidad del instante, ni distinguido al autor en la abigarrada multitud de la fiesta y los movimientos imprevisibles de una conga descarrilada.

—Ça y est! Así es, concluyó Cloe. En el juicio se limitó a declarar que había llegado después. Pero en realidad, antes de que sucediera, debió presentirlo porque comenzó a caminar hacia mi, apartando gente como podía. Dice que en ese instante, un relámpago de frío recorrió su cuerpo, pero siguió braceando y quitándose a la gente de encima como pudo caminando hacia donde yo estaba. Hasta que vió a alguien caído en el suelo, y un charco de sangre en el suelo a medida que se acercaba.

Lo primero que vió Celarié, que era la que estaba más cerca, fue que, sobre el caído, junto a Mäel, había cuatro o cinco personas haciendo ademán de interesarse. Entre ellas Cloe, a la que Rasul se acercó discretamente. Estuvieron un rato agachados sobre Dubois, mientras empezaba a arremolinarse la gente. Pasados unos minutos Rasul y Cloe atravesaron el local serenamente entre el barullo que se iba formando en torno al yacente. Y una vez fuera, ya en el Boulevard, Cloe notó el frío sanador de la calle. Rasul cuya tez morena había adquirido de repente el color de un fantasma, le puso tranquilamente a Cloe una chaqueta por encima y se la llevó casa. Tendrás que recoger las cosas esenciales y nos iremos.

Caminaron durante un rato en silencio hacia la Rue d'Assas. A los dos se les venía a la mente imágenes de lo sucedido junto a lugares en los que no habían estado nunca, los efluvios del champán, gente lanzándose a los canapés como posesos, conversaciones superfluas, músicas diferentes, un piano delante de un kebab, una conga interminable.

—¿Recuerdas? Mañana, dijiste ayer.
—No, no, ni hablar! Nos quedaremos. ¿No lo ves? Paris quiere que vuelva toda el mundo. Amo a un pueblo que salió cantando La Marsellesa de Saint Denis, como de las catacumbas. Muerto Dubois, "el Leopardo y su sirviente" podrían largarse a Siria y seguirán siendo un peligro para Israel y para todo Occidente.
—A estas horas ya sabrán que sólo dos hombres de la lista que les facilité viven. Y que el joven de la Ancien Procope, el del Hotel Royal, y el del Beach club, son agentes de la CIA y del Mossad.

Amrak y Fahed no se irán sin una lista y sin vengar el engaño. Después de haberlos perdido en Londres no podemos perderlos también en Paris. Será su ratonera. La ocasión de atraparlos.

Rasul y Cloe ignoraban, en el momento de abandonar el Tabou, que al día siguiente Akram Wahab, "el hombre que sirve" y Fahed Kadihd, "el leopardo que duerme", se inmolarían en San Dieu des Vosgues, tras el operativo.

Agotados después de aquella larga noche, Rasul y Cloe llegaron a casa de Cloe en Rue d'Assas cerca de Montparnasse.

Abrió la puerta la abuela y Cloe le dijo escuetamente:

Abuela, ¡ya está!.

Una vez que Cloe hubo terminado el relato en el Café de la Paix, se hizo un silencio prolongado. Y eso es todo, dijo Cloe.

Si Cloe no hubiera recibido la carta y no hubiera sabido que teníamos todos los ADN, no nos hubiera contado todo esto. En realidad Jaqueline y Thierry los habían recabado de los vasos durante la fiesta. Lo mismo el de la víctima, Oberon Dubois, que el de los sicarios Darwish y Dumani, además del de los jóvenes de Rue Madame, incluyendo el de Cloe.

—Cierto, le dije a Cloe. Porque aunque no entraste en la cocina en toda la noche, tu ADN, estaba como los demás.
—Correcto Richelieu, dijo Cloe friamente y sin inmutarse. Pero ya está en marcha desde hace tiempo el Recurso de revisión que sacará de prisión a Mäel. Por eso os he contado todo eso. Quería que lo supieras tú de primera mano.

Tu lo sabes bien Richelieu. Quien salva una vida, dice el Talmud, salva a la humanidad. No importa su confesión. Hemos tratado como vosotros de salvar todas las vidas que hemos podido. Hemos obstaculizado el reclutamiento y con él muchas vidas. La paz es el camino. Y matar, créeme Richelieu. Oberón se mató él. La misma respuesta que dio el acusado en el juicio.

—¿Por qué has esperado hasta ahora?
—Mañana lo sabrás.

Al dia siguiente fui al Centro Penitenciario de la Santeé donde quedé con Cloe. Pero Cloe ya no apareció. Tuve que esperar porque, —como todas las semanas desde hacia más de cuatro años,— había venido a ver a Mäel "la chica de las Bellas aguas".

Mäel era ahora el encargado de la Biblioteca. Se le veía jovial y dinámico Su ayudante era un hombre alto, muy educado y elegante que habia sido profesor. Aquel hombre que consultaba cada poco el reloj de bolsillo colgado de una cadena que llevaba en un chaleco verde, le había ayudado mucho en la catalogación y ordenación de todos aquellos volúmenes desgastados mas por el tiempo que por el uso. Y entonces ¿qué hace aquí dentro?, le pregunté. Mató a su mujer y su suegra, me contestó.

—¿Sabes por qué estoy aquí?, le pregunté a Mäel. Vengo para saber por qué estas tú.
—Sí, Richelieu, sabía quien eras desde que aquella noche al principio de la fiesta te serví el cardhu. Y vienes ahora porque te lo ha pedido la abogada para los informes que prepara para la revisión. Y créeme que te lo agradezco.
—Pero ¿por qué ahora? le dije, después de tres años aquí dentro, si no fuiste tu el que mató a Dubois, le pregunté.
—Ahora estoy autorizado.
—Tuve jari con él toda la noche. Todo el mumdo lo vió. Era un tipo indeseable. Lo hubiese hecho de buena gana. Liquidar a Oberón se me pasó por la cabeza muchas veces. En el barrio, en Rue Madame, y durante la fiesta, ni te cuento. Y estuve muy cerca. Pero había bebido demasiado. No veía un Oberón sino dos. No hubiese acertado a la primera. Se ve que no estaba preparado. Y se me fue la mano con

el vodka. Oberón me había desquiciado, como a media fiesta, pero se cebó en mí, amenazándome y degradándome jusqu'a bout de la Nuit, como hacía mi padre. Llegó a sacarme de la barra a pulso, entre toda aquella peña. Me gritaba que sus amigos me iban a descuartizar aquella noche por chivato.

Pero en ese instante en que me tenía cogido de las solapas Dubois fue increpado por varias personas y alguien incluso se acordó de su madre, lo que le hizo volverse. Yo quedé a sus espaldas y en ese instante apenas me dio tiempo a ver abalanzarse a una tigresa roja cuyo zarpazo no me enganchó de milagro.

En Siria las cosas se estaban poniendo difíciles y el régimen de Al Assad estaba ganando terreno en Homs, Palmira y Alepo, asi que Fahed y Al Nusra querían terminar cuanto antes el reclutamiento y el "borrado de huellas". Cloe tenia información de que Akram y Faqued iban a aparecer. Nosotros, dijo, queríamos a los tres. Pero advertidos por alguien de que en el Tabou los esperaba un ejército de agentes, "se piraron" al aeropuerto desde donde volaron a Nancy y luego a San Dieu des Vosgues.

Por su parte, sus sicarios no podían salir del Tabou sin ultimarlo. Pero como los terroristas los dejaron tirados, después de advertir a sus colaboradores que se cuidaran para lo que viniera después, tuvo que intervenir Cloe. A mí, si me dijo algo, no me enteré.

Pasada la resaca del Tabou y la conmoción por la muerte de Oberón, se nos dijo que Cloe era imprescindible para la organización hasta que llegase la resolución del indulto. Y yo era el que menos tiempo llevaba en la Katsa (Mossad). Así que al dirigirse la acusación contra mí y haber huellas de mucha gente en el cuchillo no tuve inconveniente en asumirlo como forma de completar mi formación en "la Katsa". Viene a ser el tiempo de un máster, dijo sonriendo. Además. El asesino siempre es el más débil, sonrió.

Pero no he estado de brazos cruzados aquí dentro, sonrió Mäel. Estoy estudiando derecho. Creo que estoy preparado. Esperaba el indulto pero éste, por lo general, suele aplicarse a los culpables. Ahora que han aparecido pruebas nuevas, "los de arriba" prefieren una revisión de la Sentencia para borrar mis antecedentes. Me han dicho que me espera otra misión en Europa. Y Cloe permanecerá con Rasul, durante algún tiempo, en algún lugar de Próximo Oriente.

Donde, si no fuera por Paris y Marione, aún estaría un servidor. Aunque fuese espectacular la fiesta del Tabou no sirvió exactamente para relajarnos y no terminó bien. Pero yo quiero recordarlo como un templo abierto a todas las creencias, a todas las opiniones, a todas religiones y cerrado a los terroristas.

No le dije a Mäel que la carta la había escrito yo.